ダブルターゲット

# 二重標的

東京ベイエリア分署

新装版

今野 敏

角川春樹事務所

# 目次

# 二重標的（ダブルターゲット）

## 東京ベイエリア分署

# 1

「女性が死んでいる」という一一〇番通報があったのは、午後の九時十五分だった。

現場は、JR品川駅そばの埋め立て地のひとつにあるライブハウスだった。住所は港区港南四丁目――モノレールの線路の近くだった。

十年まえなら、若者たちに見向きもされなかった見すぼらしい一帯だ。

最近では、このあたりのような臨海地区が、若い人々の新しい遊び場として、すっかり定着していた。

古い倉庫を生かした多目的ホール、ライブハウス、スタンドバーなどが次々と出来上がり、繁盛していた。

一一〇番に電話をしたのは、『エチュード』という名のライブハウスの雇われマスターだった。

通報の内容は、警視庁の通信指令室から、第一方面本部用の周波数一五五・二二五メガヘルツで、直接『各移動』――つまり、巡回中のパトカーや白バイに伝えられた。

東京第一方面本部の二十番目の警察署、東京湾臨海署も、その電波を受信していた。

ただちに、刑事捜査課に内線電話がかかってきた。

電話を取ったのは、日直の桜井太一郎（さくらいたいちろう）刑事だった。この刑事部屋（デカベヤ）で、一番若い男で、階級は巡査だった。

刑事部屋全体を見わたす位置に机を構えてすわっているのは、係長の安積剛志警部補だった。

さらにそのうしろの課長室には、課長のひとまわり大きな机があるが、すでにそこには誰もいなかった。

桜井刑事は、知らせの内容をすぐに安積警部補に伝えた。そのあとで、彼は言った。

「あと、ほんの一キロむこうだったら、品川署の仕事だったのに……」

(いい心がけだな……)

安積警部補は心のなかでつぶやくと、立ち上がった。

「須田と黒木を探し出して、現場に来るように言ってくれ。ふたりは、まだどこかで酒でも飲んでいるだろう」

「いる店はわかってますよ」

「駐車場の覆面のなかで待っている」

安積警部補は、刑事部屋を出て、むき出しの鉄板の階段を下った。この警察署は、どこもかしこも安普請だった。一番費用のかからない工法で作られた三階建てで、ほとんど、プレハブ建築と呼んでよかった。

安積は、屋外の駐車場に置いているグレーのマークIIに近づいた。彼がいつも使っている覆面パトカーだった。

そのとなりに、ライトブラウンのカローラバンがあった。鑑識車だ。

安積は、鑑識車に乗り込もうとしている男と眼(め)が合い、うなずきあった。彼は、紺色の出動服を着ていた。同色の略帽からのぞいている髪に白いものがまじっている。刑事捜査課鑑識係の係長、石倉進(いしくらすすむ)だった。四十七歳の警部補で、ベテランの鑑識係員だった。

カローラバンの運転席にはすでに、同様の出動服を着た鑑識係員が乗っていた。

「やっぱり、係長もまだ残っていたか……」

石倉警部補は言った。

「ああ……」

安積はマークIIのドアにキーを差し込みながら言った。笑いかけるべきだろうか。ふと彼は考えた。その必要はない。「あんたもか……」

「ひどい人手不足でね。いくら仕事をしても追っつかない」

「どこもいっしょだ」

「先に行ってるよ」

カローラバンは駐車場を出て行った。

安積警部補は石倉警部補に一目置いていた。石倉は常に、文句も言わず安積たちの無理難題を聞いてくれる。

安積は、マークIIの運転席にすわり、エンジンを回した。

ふと、若い桜井刑事の言葉を思い出していた。

「あと、ほんの一キロむこうだったら、品川署の仕事だったのに」

品川署は、東京湾臨海署とは別の、第二方面本部に属している。無線の呼び出し周波数も違う。一五四・七二五メガヘルツだ。

しかし、もし、そうであっても、自分たちにお鉢が回ってくることを、桜井も安積も知っていた。

旧来のどこの管轄(ナワバリ)であっても、東京湾岸一帯で起こった事件には、必ず彼らが駆り出されるのだった。

この台場スポーツセンターのそばに立つ、粗末な建て物の警察署を、人々は「湾岸分署」と呼んでいた。若い警察官は「ベイエリア分署」という呼びかたを好んでいた。

「湾岸分署」あるいは「ベイエリア分署」という呼び名は、本庁の会議の場でも立派に通用するほど一般化していた。

「湾岸分署」は、東京湾の開発が進み、湾岸道路網の整備によって、既存の警察署では対処できない犯罪が増加するおそれがあったため、新設されたのだった。

日本の警察に「分署」という組織はない。機動捜査隊などが二十四時間、交替で詰めている「分駐所」というものはあるが、東京湾臨海署は、分駐所ではなく、れっきとした警察署のひとつだった。

いつしか「分署」と呼ばれるようになったのは、あまりに規模が小さいためだった。

「ベイエリア分署」の花形は、湾岸高速道路網を疾走する、本庁交通課の交通機動隊だった。刑事捜査課は、たいていは、旧来の所轄署と管轄が重なるため、応援に駆けつけるというあまりおもしろくない立場に追いやられる。

おそろしく多忙だが、やりがいのない部署という印象があり、安積はそれに戦いを挑んでいた。

この警察署の規模が小さいのも、建て物が安普請なのも理由があった。「ベイエリア分署」は、東京都の『臨海副都心構想』を睨（にら）んで設けられたという一面があるのだ。「有明北（ありあけ）」「有明南」「青海（あおみ）」そして、「ベイエリア分署」がある「台場（だいば）」の四つの地区に分けられる臨海地域は、近い将来、居住人口六万人の快適な副都心として発展していく予定だった。

東京湾臨海署も、この地区の発展にともなって、大警察署に変貌（へんぼう）していくはずだった。「ベイエリア分署」は、あくまで東京湾臨海署の仮りの姿なのだった。

安積は、MPR―10A無線機から流れてくる、とぎれとぎれの通信を聞きながら、疲れた目をこすっていた。この無線は、「地域系」と呼ばれる周波数帯で、警視庁から移動局に対して、各種の指令を出すための通信系だ。

これとは別に、「署外活動系」という通信系があり、各警察署単位に周波数が割り当てられている。三四〇から三六〇キロヘルツ帯にまたがっている。警ら中の巡査が、署とトランシーバーで連絡し合ったり、警官どうしが現場で連絡を取り合うのが、この通信系だ。

助手席に螺旋コードがついた、赤い回転灯が置いてあった。これは、安積の好みだった。ボタンひとつで、ルーフの上に自動的に回転灯が現れる覆面車があるが、覆面の意味がないと安積は思っていた。

そういった装置を取りつけてあることは、車内を見ればすぐにわかる。天井に大きな出っ張りがあるからだ。それに、ルーフの上の蓋が問題だった。

また、そうした改造をした車両のナンバーは、一類車両の分類番号の五や三ではなく、八になってしまう。八ナンバーを付けて走り回るのは、白と黒に塗り分けたパトカーに乗るのと大差ないと安積は思った。

安積の乗るマークIIは、極力改造をひかえて、五ナンバーを付けていた。

桜井が駆けてきた。助手席にすわると、左手でマグネット式の回転灯を外に出し、ルーフの上にくっつけた。

安積はすぐさま車を出した。

桜井は、問われるまえに言った。

「須田さんと黒木さんに連絡が取れました。すぐに現場へ行くそうです」

安積はうなずいただけだった。

客席が百から百五十くらいのライブハウスだった。

この種の店としては、規模が大きいほうなのか、それともごくありふれた店なのか安積にはわからない。

天井も壁も、コンクリートの打ちっぱなしだ。天井を、何本もの照明用のバーが横切っている。

ステージの高さは二十センチもない。装飾はまったくといっていいほどなかった。見すぼらしい店と言っていい。しかし、その見すぼらしさは、演出されたものであることはすぐにわかった。

テーブルと椅子は、黒と金色で統一されていて、金がかかっているのが明らかだ。そのテーブルの上に残されたままになっているボトルは、たいていは安積とは縁のない高級なスコッチやバーボンだった。

アサヒやサッポロのビールを飲んでいた客はいないらしい。あるのは、バドワイザーやクアーズなどの缶だけだ。

ステージから見てかなり後方の、テーブルとテーブルの間に、死体があった。

殺人、あるいは変死体がある現場特有の臭気が鼻をつく。突然の死に見舞われた人間は、すべての排泄物をたれ流す。若い男も老人も、そして美しい女性もすべてだ。例外はない。死体は、おびただしい血と汚物にまみれているものなのだ。この場合、血がないだけまだましと言えた。

死体はあおむけに倒れていた。右手が椅子にひっかかっている。クリーム色をしたタイトスカートのスーツに、深紅のブラウスを着ている。

髪は後ろで結ってあり、今も乱れていない。きわめて上品な化粧をしていたが、息があったころはさぞかし美しかったに違いないと思わせるに過ぎなかった。人間は生きていくために自分を飾るのだ。

形相はひどかった。よほど苦しんだに違いない。目は大きく見開かれている。その瞳に光はなかった。口は何かにくらいつく直前のようなありさまで、奥歯まで見えていた。そこから、力が抜けて太くなった舌が飛び出ている。

奥歯に治療の跡があった。身元の確認に役立つだろうと安積は思った。

「席から立ち上がって、横によろけ、そのまま倒れたんだ」

後ろから声がした。安積警部補は振り返った。

高輪署の刑事だった。安積は名前を思い出そうとした。そのまえに、刑事は言った。

「美人だろう?」

「美人……?」

本当にそうなのか、と安積は死体の顔を見た。すさまじい断末魔の形相でしかなかった。

「美人だって……」

もう一度、安積はつぶやいた。そのとき、その刑事の姓を思い出した。小野崎だ。同時に階級も思い出していた。巡査部長——いわゆる部長刑事だ。この刑事は安積警部補に対して対等の口をきこうとしている。

安積は気にしなかった。

気にしてもしかたがない。関東で「デカ」、関西で「探偵さん」と呼ばれる刑事が、制服警官のように階級章をつけていないのにはそれなりの理由があると彼は考えている。

刑事の仕事には、しばしば階級制度が邪魔になることすらあるのだ。警察機構のなかでも、刑事というのはきわめて特殊な部署だ。悪く言えば、はみ出し者の集団なのだ。そして、安積はそのことに、間違いなく誇りを持っていた。

すでに、受令機から出たイヤホンを耳に差し込んだ機動捜査隊の連中が初動捜査を終えていた。

「湾岸さんが来るまで、ホトケを運ぶのを待っていたんだ」

「そいつはどうも……」

鑑識係の石倉は、高輪署の同業者たちとの打ち合わせを終え、てきぱきと作業を開始している。

「機捜と外勤の連中が、客のリストを手分けして作っている」

小野崎部長刑事が言った。安積はうなずき、ななめ後ろに立っていた桜井刑事に命じた。

「そっちへ行って、リスト作りを手伝ってくれ」

桜井は駆けて行った。

「ホトケは？」

「おたくへ持っていくのか」

「譲ってもいい」

「いいよ。運んでってくれ」

「検視には立ち会うだろう」

「ああ。誰か行かせる」

検視をするということは、遺体を洗う手伝いをするのを意味する。バケツにくんだ水と脱脂綿で、排泄物をきれいにぬぐい取るのも刑事の仕事なのだ。

死体が運ばれていった。そのあとに、チョークで記された白い輪郭が残った。

須田三郎部長刑事と黒木和也刑事が、手袋をはめながら安積に近づいてきた。

三十一歳になる須田三郎部長刑事は、安積から見ると、刑事としては明らかに太り過ぎだった。雪だるまが背広を着ているような印象を与える。

性格も内向的で、唯一の趣味がパソコンという変わり種だった。安積は、どうしてこの男が刑事になれたのか不思議でたまらなかったが、彼の上司となったその日から、役に立つ部下であることに気づいた。

須田三郎の何よりもすばらしい点は、誰も彼を刑事だと思わないことだった。

この職業についていると、いつしか目つきが悪くなり、暴力団と見分けがつかない面がまえになってくる。ところが、この部長刑事には、まったくその兆候が見られなかった。いまだに少年のような眼をしているのだ。これは驚くべきことだった。

二十九歳の黒木和也刑事は、須田三郎と、まったく対照的だった。

一七五センチ、七〇キロと、大柄ではないが、豹のような俊敏さを感じさせた。ベイエリア分署が誇る行動派だった。

性格は、優秀なスポーツマンがしばしばそうであるように、きわめて几帳面（きちょうめん）だった。安積は、彼の机の上が乱雑なのを見たことがなかった。多忙な刑事稼業にあっては、きわめて稀（まれ）な例と言わねばならない。

「遅くなりました、チョウさん」

須田三郎が、本当に申し訳なさそうな顔で言った。彼らは、安積のことを「チョウさん」と呼ぶ。通常この呼びかたは、部長刑事あたりの、主任に対するものだ。係長の警部補に対するものではない。しかし、ベイエリア分署では、それで通っていた。所帯が小さいことが、ここにも影響していた。

須田部長刑事のおどおどとした態度を見て、そんなに恐縮することはないと言ってやりたくなったが、安積は、いつもの苦い顔でうなずいただけだった。

「あれ……？　ホトケさんはもう運ばれちまったんですか」

須田が目をしばたたいた。

「高輪署の連中がかっさらってった」

「いい女だったんですか」

安積は須田の顔を見た。冗談なのか、そうでないのかわからなかった。安積は何とこたえていいのか考えた。

須田が勘違いしてどぎまぎした。

「いえ……。チョウさんが、かっさらった、なんて言うもんですから、女だろうと思って……」

「そのとおりだよ。三十過ぎ——いって三十五歳くらいの女性だ。いい身なりだった。けっこうな宝石をあちこちにつけていたから、いい身分なんだろう。あるいは、水商売かもしれない」

須田は、さっそくメモを取り始めていた。

安積は、店内をせわしく見回している黒木に気づいた。

「どうした?」

「あそこに集められて、列作ってるの——あれ、今夜の客ですよね」

「そうだ。機捜と外勤がリストを作っている。桜井もそっちに回った」

「浮いてると思いませんか?」

「浮いてる?」

「ええ……。あそこにいる客は、みんな若い連中ばかりです。ティーンエイジャーもいるみたいだ。係長、ホトケは三十から三十五歳の間だって言いましたよね。そんな客はひとりもいない」

黒木は、物事を整理して考えるタイプだ。なるほど、彼らしい眼のつけどころだった。

須田が、もっともらしくうなずいてから安積に尋ねた。

「それで死因は?」

安積は、首を横に振った。

「私もまだ来たばかりで、何も話を聞いていない。須田は、鑑識の石倉さんのところへ行って話を聞いてきてくれ。私は、通報者のところへ行く。黒木は、初動捜査を担当した機捜をつかまえるんだ」

黒木はしなやかに、そして須田はよたよたと駆けて行った。

## 2

石倉は、須田がにたにたと笑っているので、いささかぎょっとした。思わず作業の手を止めていた。

しかし、それが愛想笑いだと気づき、うなずき返して、作業を再開した。

「石倉さん。ちょっと、いいかな……」

「おう……」

「ホトケの死因なんだけど……」

「現場、もう見たかい？」

「ちらっと……」

「血がなかったろう」

「あ、そうか。それでいつもより楽だったんだ」

「今、高輪署に運ばれて、これから検視が始まるところだ。だから確かなことは言えんが、おそらくは毒殺だ。ま、詳しいことは解剖のあとだな……」

「毒殺……」

つぶやいて、須田はそっと天を仰いだ。心臓発作や脳内出血の類で死んだのなら、報告書を書いて、一件落着となる可能性も大きいのだ。

「そう。ホトケさんの口もとから、アーモンドの臭(にお)いがしていた」

「酒のつまみでナッツを食べたのかもよ」

「おまえさん、臭いがするほどボリボリとアーモンドを食えるかね」

「さあ。まだ、やったことないな」

石倉は、ちらりと須田の顔を見た。

「おまえさんならできるかもしれんな」

「冗談だよ、石倉さん。わかったよ。つまり、青酸性の毒物で殺されたってことかい?」

「青酸性の毒物を飲んだ可能性が大きい――それだけだ。殺されたのかどうかなんてことは、まだわからない」

「それで、ホトケさんが飲んでたものの残りとか、食い物の残りとかは……?」

「何だ? 腹が減ってるのか?」

「石倉さん……」

須田は、またにたにたと笑った。「腹なんか減ってないよ」

「喜べよ。高輪署の鑑識は、俺（おれ）たちにおしつけて行ったぜ。分業というやつらしい。死体の検視はむこうがやり、めんどくせえ化学物質の分析はこっちが引き受けた」

「何でそんなことに……」

須田は、本当に驚いた様子だった。

「湾岸分署の顔を立ててくれたんじゃないの？」

「本当かい？」

「ふん。むこうは、手いっぱいなんだとさ。こっちが暇だと思ってるのさ」

「とんでもない話だ。石倉さん。僕ら、石倉さんたちが毎日てんてこ舞いしているの、よく知ってるぜ」

「おまえさん、いいやつだな」

石倉が言った。「何で刑事なんかになったんだ」

須田は、何か言おうとしたが、安積に呼ばれ、そのまま石倉のもとを離れた。

「何です？　チョウさん」

「こちら、高輪署の小野崎さんだ。おまえ、高輪署まで行って、検視に付き合ってくれ」

須田は、小野崎に「よろしく」と頭を下げた。

こういう場合、片手を上げるか、うなずきかけるだけでいいと安積は思った。しかし、それをしない須田のよさもよく心得ている。

小野崎が先に出入口に向かった。

その隙に、須田は、石倉から聞いたことを素早く安積に伝えた。須田は、秘密を共有し合う子供のように夢中でしゃべった。

安積はうなずいた。愛すべき部下たち――それに対して、自分はただうなずくだけだ。安積は須田を見ているとついそんなことを考えてしまう。

――私は彼らに笑いかけることもしなければ、ねぎらいの言葉をかけることもしない。

須田は、小野崎を追って懸命に駆けて行った。

安積は、仕事のことに頭をもどした。

客のリスト作りは、まだ時間がかかりそうだった。姓名と住所を尋ねるだけでなく、それが事実かどうかの確認をいちいち取らなくてはならない。

そのうえ、全員が氏素性を素直に教えるとは限らない。むきになって反抗する者もいる。説得するか威すかしなければならないが、たいていの日本の警察官は後者を取る。

そのほうが手っ取り早いし、気分がいい。それに、これは実際に安積も経験していることだが、警察学校や、署内では、ことあるごとに「市民を威せ」と教えられるのだ。そして、ほとんどの警察官は喜んでそれを実践している。

安積は、通報者の雇われ店長のところへ行った。

店長は、六畳間ほどの広さの事務所にいた。壁際にふたつ並んでいるスチールデスクの手前のほうで、じっと自分の手を見つめている。

「失礼……」

安積が声をかけると、店長は面倒くさげに頭を下げた。なげやりな感じだった。何かに責めさいなまれ、それに疲れた人間の態度だ。

この場合は責任だった。店をまかされているという責任だ。

「東京湾臨海署の安積といいます。通報してくださったのは、あなたですね」

彼は、立ち上がった。

安積は名刺を出した。店長は受け取り、反射的に自分も名刺を差し出した。

三十五歳くらいの、スマートな、いかにもそつのない感じの男だ。名刺には、神田広志（かんだひろし）と印刷されていた。

神田は、ドアを開けてすぐ右手に置かれている粗末なソファを安積にすすめた。安積がすわると、自分も椅子に腰を降ろした。

「東京湾臨海署……？」

神田が安積の名刺を見ながらつぶやくように言った。

「そうです。湾岸分署とかベイエリア分署とか呼ばれています」

「ああ……。あれは、ハイウエイパトロールの分駐所じゃなかったんですか」

「いえ。こうして刑事もいるわけです。あなたが、異常に気づいて一一〇番されるまでのことを話していただけませんか」

「さっき詳しく話しましたよ」

「申し訳ありません。もう一度お願いします。時間がたって思い出されたこともあるでしょう」

神田は、眉根にしわを寄せて溜め息をついた。安積から眼をそらし、机の上を見つめている。考えをまとめているのだ。

安積は、辛抱強く相手が話し出すまで待った。ここで相手を急かすと、聞ける話も聞けなくなってしまうことがある。

相手が意識して隠そうとしなくても、忘れてしまうことが少なくないのだ。相手に考える時間を与えることが必要な場面だった。安積は、警察の教えに反して市民を威すのが嫌いだった。

「あれは、グリンゴンがツー・ステージ目の演奏を始めて間もなくでした。あの女の人が、突然、席を立ったのです。私は、後ろのバーカウンターのところに立っていたので、すぐに気づいたのです。最初はトイレへ行くのかな、と思いました。すると、突然、よろけて、がっくりとテーブルに手をつき、そのまま倒れたのです」

安積は、メモを見ながら言った。

「グリンゴン?」

「ああ……。今夜の出演バンドです。ヘビメタです」

「ヘビメタ……?」

「ヘビーメタル。要するに、派手で過激な恰好をして、でかい音を出すロックです」

「グリンゴン……。そのバンドのファンは、やはり若い人が中心なんでしょうね」

「高校生ですよ。中心はね。ませた恰好をして来て、年をごまかしたつもりになってますが、見りゃすぐにわかります。でも、こっちも商売ですから、その……」

神田は、言いづらそうに、ちらりと安積を見た。

「注文されれば、酒も出す」

安積が補った。

「そういうことです。いちいち、確認するわけにいきませんからね」

「というと、客の上限はせいぜい二十五、六歳でしょうか？」

「いろんな人が来ますからね。はっきりそうとは言い切れませんよ。でも、一般的にはおっしゃるとおりですね。もっと若いかもしれない」

安積はメモを取り続けた。

「……で、その女の人が倒れるのを見てどうしたんですか」

「近くにいた従業員が駆け寄りました。それが見えたので、私もそこへ行ったのです。その間も演奏が続いていたので、女の人が倒れたのに気づいたのは、近くのテーブルのお客さまだけだったと思います」

「あなたがその女性のところへ行ったとき、彼女に息はありましたか？」

「いいえ。死んでいたと思います。ひどい臭いがし始めていましたから。わかるでしょう。あの臭いですよ」

神田は、ドアのむこうのフロアを顎で示して顔をしかめた。「人が死ぬと、みんなあんなふうになるんですか」

「そう。殺人現場ではなじみの臭いです。それで、あの女性が倒れる前後に、何か変わったことに気がつきませんでしたか？」

「変わったことねえ……。さっきも同じことを訊かれたんですけど、何も覚えてないんですよ」

「誰かが近づいた、とか。あるいは、誰かが店を出て行った、とか……」

「ステージで演奏をやっていましたからね。そっちに気を取られていましたよ」

「彼女はひとりで来ていたんですね」

「ひとりでした」

「誰かと話をしたような様子は？」

「いいえ……」

安積は、その他、型どおりの質問を続けた。

貴重な証言——安積は自分に言い聞かせるように、メモを見ながら心のなかでつぶやいた。取るに足らないような話でも、そのなかに大きな手がかりが隠されていることがある。それに、刑事の質問にこたえるのは、あくまでも市民の好意なのだ。事件が起こり、被疑者でない人間が、もし刑事の質問に対するこたえを拒否しても、公務執行妨害にはならない。

貴重な証言——安積はもう一度、念を押すように心のなかで繰り返し、神田に礼を言った。

「最初に、彼女のところへ駆けつけた従業員はどのかたです」

神田は立ち上がり、ドアのところに立って大声で呼んだ。

「おおい。中島(なかじま)――」

二十歳代なかばのひょろりとした男が事務所の出入口に姿を見せた。はやりの髪型をしている。この職業では、それも必要なことなのだろうと安積は思った。

「ちょっと話を聞かせてもらいたいんだが……」

「またですか」

「そう。もう一度です」

中島という若者は、西欧人のように肩をすぼめた。

「いいですよ。何です……」

そのとき、すでに安積はソファから立ち上がっていた。いついかなる場合でも、刑事は、相手から見下ろされる恰好で質問すべきではない。

「あの亡くなった女性に、最初に近づいたのは、あなただそうですが……」

「ええ……。立ち上がって、急にふらりとしたんで、酔ってるのかなと思ったんです。そしたら、急に倒れちゃったんで、びっくりして様子を見に行ったんです」

「あなたが駆けつけたとき、彼女に息はありましたか」

「さあ……。はっきりわからないけど……。死んでたと思います。眼を開いたまま、あおむけで倒れてましたから……」

店長の話と矛盾しない。

「彼女が倒れる前後、何か変わったことに気がつきませんでしたか?」

「まったく気がつきませんでしたね」

若者は、はっきりと言った。安積は、少し断定的過ぎると感じた。

「どんな小さなことでもいいんですがね……」

安積は、若者をじっと観察した。片方の足に体重をのせている。落ちつかなく体重の移動を繰り返している。彼は、明らかに緊張していて、それを隠そうとしていた。

「刑事さんも、あの場所にいたらわかると思いますけどね、グリンゴンからは目が離せないんですよ。いつどんなパフォーマンスをやるかわからない。そりゃ、店内のお客さまに目を配っているのが僕らの仕事ですがね、僕の目は、グリンゴンに釘づけになっていたんです。それに、演奏中は、ほかの物音なんてまったく聞こえなくなります。すごいボリュームなんですよ」

「それでも、その女性が立ち上がったときは気がついた?」

「ちょうど、その女の人がいたのは、僕とステージの間なんです。つまり、ステージを見ていたら、突然、視界に入ったというわけです」

安積は納得した。彼は緊張しているが、嘘も言っていないし、隠しごともしていない。

緊張しているほうがむしろ自然なのだ。自分が働いている店内で人が死んだばかりだ。

それについて、刑事にあれこれ質問されている。むしろ、リラックスしている人間を疑わねばならない。

「君は、グリンゴンのファンなんだね」

「ええ……。まあ……」

彼は、妙に曖昧（あいまい）に肩をすぼめた。照れているのだ。

「変なことって言えば、あんな年恰好の客が来ること自体が珍しいですね。わかってると思うけど、今夜の客は、半分以上は未成年ですよ」

同感だ——安積は思った。しかし、どんな年恰好の人間が、どんな音楽を愛そうと、法には触れない。この若者は知らないかもしれないが、今、三十五歳から四十歳くらいの人々のなかには、十代のころに、ハードロックに熱狂した経験のある連中が少なくない。

安積はそのことを思い出していた。レッド・ツェッペリン、Tレックス、グランド・ファンク・レイルロード……。そんな名が頭に浮かんだ。彼らの演奏は、当時、頭の固い連中が顔をしかめるようなものだったが、若者たちを夢中にさせたことも確かだった。

時が経（た）つのは早い。今、この若者は、ロックの話などしても、安積には通じないと思っている。安積はそう感じた。自分はそういう年になったのだ。

「彼女は席を立たなかったかね？」

「そう言えば、休憩時間に一度、トイレに立ちました」

「それは、彼女が倒れるどれくらいまえだね？」

「そう……。演奏が始まるちょっとまえだったから、十五分くらいまえかな……」

「そのあいだに、彼女の席に近づいた者はいなかったろうか?」

安積は、誘導尋問になっていないか気にしながら質問した。おそらくは、だいじょうぶだと思った。

「僕は気がつきませんでした」

安積は礼を言って、彼を解放した。中島というその若者が立ち去ろうとしたとき、安積は尋ねた。

「君、レッド・ツェッペリンって、知ってるかね」

中島は、けげんそうな顔で振り向いた。その顔に曖昧な笑いが浮かんだ。曖昧だが、確かな共感を意味する笑いだった。

「もちろん」

彼は去って行った。伝説は今でも生きていたわけだ。

安積は、再度、店長の神田に礼を言った。

神田は尋ねた。

「いったい何が起きたんです? 彼女はどうして死んだんです? これは犯罪が関係してるんですか?」

質問するのは、常に刑事の側でなければならない。相手が被疑者であろうと、そうでなかろうと——。

安積は言った。

「まだ、何とも言えません」

彼は、事務所をあとにした。

黒木刑事と、桜井刑事が、安積を待っていた。

客は、住所と名前をひかえられ、すべて店を出てしまっていた。

黒木刑事は、死体の身もとがわかったと告げた。

「機捜の連中によると、被害者は、運転免許証と名刺、クレジットカード三枚に、銀行のキャッシュカード二枚、現金五万四千三百二十円を所持していたということです」

死んだ女性の名は、藤井幸子（ふじいさちこ）。年齢は三十五歳。赤坂のクラブ『ラビリンス』のホステスだった。

「僕の財布の中味とは大違いだ」

桜井が言った。「これ、殺人ですかね？　こんな人目の多いところでの犯行なんて可能でしょうか？」

安積は、桜井の言ったことを検討してみる気になった。店のなかを見渡した。

ステージと反対側にバーカウンターがある。藤井幸子は、店の後方、つまりステージからかなり離れた席についていた。これは何を意味するのだろう？　安積は考えた。いろいろなことが考えられる。

若い客に圧倒されて、人目につかないうしろの席を選んだ――自分がこういう店に来たら、当然そうしただろうと安積は思った。

ステージの演奏には、まったく関心がなかったということも考えられる。しかし、それなら、なぜこの店に来たのだろう。

「機捜では、どう言ってた？」

安積は黒木に尋ねた。

「別に何も……。彼女は、常連でなかったことだけは確かですね。従業員のなかで、彼女の顔を覚えている者はひとりもいないということでした。おそらく、初めての客だろうと……」

安積は、鑑識の石倉が須田を通して伝えて来たことを、故意に話さずにいた。

「青酸性の毒物」――そう聞いただけで、刑事たちは、先入観を抱くかもしれない。初動捜査において、先入観は最大の敵だ。大切なものを、見落としてしまうかもしれない。

明日になれば、石倉が正式の書類を持って来るだろう。そのときに知らせても決して遅くはない。

機動捜査隊は、すでに事後処理の段取りを開始していた。高輪、臨海両署の鑑識係員も作業を終えていた。

もっとも、鑑識の仕事はこれから始まるのだ。

高輪署の刑事たちは、姿を消していた。

安積たちも署に引き上げることにした。

ベイエリア分署に戻ったときは、十一時になろうとしていた。疲れ果てているのか、運転席の桜井は一言もしゃべらなかった。助手席の黒木も同様だった。もちろん、後部座席の安積も無言だった。

三人の刑事の疲れきった体を乗せて、マークIIは駐車場にすべり込んだ。安積は車を降りた。

現場からこのベイエリア分署に戻ると、いつもそうなのだが、海のにおいがした。油や汚水のにおいではなく、潮のかおりがするのだ。

なぜだろうな、と思いながら安積は、鉄板の階段を上った。桜井と黒木がそのあとに続いていた。彼らも、潮のかおりを感じているのだろうか？　たぶんそうだろう——。

刑事部屋に戻ると、駐車場から威勢のいい排気音が聞こえてきた。ベイエリア分署自慢のハイウエイパトロールのご帰還だ。

かつて暴走族のメッカだった神奈川県では、高速道路に、フェアレディZのパトカーを配備した。

ベイエリア分署では、それに対して、トヨタ三〇〇〇GT・スープラのパトカーを採用していた。これは、人々の注目を集めた。スピード狂は、ベイエリア分署のハイウエイパトロールと聞くだけで恐れをなした。

交替で戻ってきたパトカーの乗務警官は、いかにも華々しく、活力に満ちているように感じられた。

それに引きかえ、私たちはどうなんだ?

安積は、席につくと、メモをもとに報告書を作り始めたふたりの部下を眺めて思った。そして、自分の姿を考えた。

グレーのスーツは、仕立てや生地は悪くない。しかし、手入れがまったく悪いため、しわが寄り、ズボンの線は消えかけていた。ワイシャツの襟は、すでに垢で汚れているはずだった。ネクタイの結び目も垢で黒ずんでいる。

何よりも、顔に深く刻まれた疲労の色が問題だった。

明日からは、少しはしゃんとしよう――安積は、ひとりひそかに思った。

十二時を過ぎて須田が戻ってきた。彼は、悲しげにかぶりを振り続けていた。安積は、まったく、こんな刑事は見たことがないと思った。

## 3

翌朝、十時を過ぎたころ、K大学付属病院から電話があった。須田が昨夜、死体が解剖に回されたと言っていたから、その件だろうと安積は思った。

「美人の死体を送り込んでくれてありがとう」

安積が電話に出ると、いきなり相手は言った。

「おかげで朝から楽しませてもらった」

相手が誰かはすぐにわかった。

ベテランの外科医、佐伯英明(さえきひであき)だった。五十歳になるこの医師は、とっくに管理職でありながら、今でもメスを振るい続けている。

「私が送り込んだわけじゃありませんよ、佐伯さん」

「わかっている。高輪署の担当だろう。だが、臨海地区で出た変死体だ。おまえさんも関(かか)わってるんだろう」

「ええ。まあ……」

「まだ、高輪署から書類は届いておらんだろう?」

「電話すら来てませんよ」

「おまえさんのことだから、一刻も早く、死因を知りたがっていると思ってな」

「もちろんです」

「シアン化カリウムだよ」

「やはり、青酸カリですか……」

「やはり?」

「ゆうべ、鑑識の石倉が死体を見たとき、それらしいことを言ってたらしいのです」

「石倉さんなら知ってるよ。なるほど、おまえさん、いい同僚を持っているようだな」

「そう。その点、おおいに感謝してますよ」

「釈迦(しゃか)に説法かもしれんがな、チョウさん。シアン化カリウムほど毒殺に理想的な薬はない。あれは、水にもアルコールにもよく溶ける。しかも、致死量は、たったの〇・一五グラムというとんでもない猛毒だ」

「その代わりに致命的な欠点があります。手に入れるのが容易ではないのです。たいていは購入者の記録が残っています」

「では、その記録を洗うことだ」

「もう、高輪署でやっているでしょう。あるいは、本庁の捜査一課の連中が乗り出してくるかもしれません」

「だからと言って、あんたが逃げられるわけじゃない。湾岸分署の安積警部補は、みんなにあてにされているんだ」

「わざわざ知らせてくれたことを感謝しますよ」

「なあ、チョウさんや」

佐伯の口調が変わった。「あんたが行ってから、湾岸分署の雰囲気は変わったと言われている。若い刑事たちは少しずつだがやる気を出しているというじゃないか。俺は、おまえさんに、もっと自信を持ってもらいたいんだ。俺が、湾岸分署の安積だ、と、どこへ行っても大声で言ってもらいたいと思ってる」

「若い連中は、私が来るまえからよくやっていましたよ。誰もそれを見ようとしなかったのです」

「辛(つら)い戦いかもしれんが、チョウさん。あんたの側に付く者がいることも忘れんでくれ」

午前中にこんな話をされるとは思わなかった。安積は、どうこたえていいかわからなかった。考えるのがおっくうだった。頭のなかに疲労がたまっている。

佐伯のほうから電話を切った。

安積は受話器を置いた。そのときになって、気分が高揚し始めるのを感じた。佐伯の言葉は、疲労回復剤の役目を果たしたのだ。安積は、礼を言わなかったことを、少しばかり後悔した。

鑑識から報告書が届いた。黒木、須田、桜井の書いた報告書もすでに安積の机の上にあった。ないのは、監察医の死体検案書だけだった。高輪署は何を手間取っているのだろうと安積は思った。あるいは、湾岸分署のことなど忘れているのかもしれない。

衣料メーカーの倉庫から、窃盗の通報があり、黒木と須田が現場に向かった。

そのあと、すぐにまた電話が鳴り、昨日は非番だった村雨秋彦部長刑事が受話器を取った。

「たまげたな……」

村雨はつぶやいた。だが、すぐにとがめるような口調で言った。「おい。だが、そいつは捜査二係の担当だろう」

「どうした？」

「埠頭で荷揚げしていた船を、港湾局が抜き打ちで検査したところ、拳銃がごろごろ出てきたそうです。パトカーからの連絡ですよ」

「現場へ行ってくれ。二係だの一係だの言ってられる事件じゃない」

村雨は、いつも組んでいる大橋武夫（おおはしたけお）刑事にうなずきかけた。いくぶんかの反感が感じられたが、安積は無視した。

ふたりは刑事部屋を出て行った。

村雨巡査部長は、三十六歳の働き盛りだった。仕事熱心で自信家だ。野心もある。やせ型でするどい眼をしており、いかにも刑事らしい男だった。

彼にとって、その刑事らしさが重要なのだった。何ごとにも妥協をしない厳格な性格をしており、いまだに「新米刑事はお茶くみ三年」などという言葉をことあるごとに使いたがる。

そして、その点が、安積にとっては問題なのだった。仕事に関しては、村雨は申し分ない。ただ、性格が合わないというのは、いかんともしがたかった。

村雨と組まされた二十七歳の大橋武夫巡査は、新人類と呼ばれた世代らしく利口な男だった。村雨に対して決して反抗するようなことはしなかった。その代わり、村雨に一切の感情を見せることを拒否していた。

安積にも、彼が何を考えているかわからないことがよくあった。一度、大橋とはゆっくり話し合わねばならないと思ってはいたが、なかなかそんな時間を取れずにいた。

桜井だけが残った。

桜井は、普通、安積と組んで行動する。桜井は大橋よりひとつ下で、やはり、新人類的合理性が体にしみついている。だが、安積にしてみれば、大橋よりずっとましだと言えた。

大橋をあのような男にしたのは、村雨なのかもしれないと安積は思った。

組み合わせを変える必要があるだろうか。そんなことを考え始めたとき、課長室のドアが開いて、町田（まちだ）課長が顔を出した。

「安積くん。ちょっと……」

町田は安積を顎で招いた。

「はい」

安積は、わざとゆっくり立ち上がり、課長室へ向かった。

ドアを閉めたとき、すでに町田課長は机のむこうにすわっていた。

町田は五十歳の警部だった。小柄で、はげ上がり、銀縁の眼鏡をかけた男だ。典型的な中間管理職だった。

警部といえば、日本の警察機構では、もう管理職なのだ。外国の刑事ものとは違い、警部クラスが殺人現場に駆けつけることはない。

警部でもはやこうなのだ――安積は思った。警視や警視正が活躍するドラマを見たことがあったが、安積には信じ難かった。警視や警視正といえば警察官僚と呼んでいいのだ。

「今、本庁の捜査一課から連絡があってね。高輪署に、昨夜の殺人事件の捜査本部を設けることになったそうだ」

安積は驚いた。

「殺人事件と断定されたのですか。私は何も聞いておりませんが」

「私だって初耳だよ。本庁が言うには、だ。捜査本部は、本庁捜一、高輪署、そしてわが署の合同にするのだそうだ。ついては、専任の刑事を高輪署に何名か派遣してほしいというんだ」

「なるほど……」

「君に任せるよ。誰かをやってくれ」

安積は、町田課長と、人手不足だの仕事が多過ぎるだのといった議論をしても、まったく無駄であることをよく心得ていた。

それに、そういった問題は、程度の差こそあれ、どこの署でもかかえていることだった。

自分の席に戻ると、安積は桜井に言った。

「ゆうべの『エチュード』というライブハウスの変死体の件だが……」

桜井は、書類仕事の手を止めて顔を上げた。

「はい……?」

提出しなければならない書類がたまっているようだった。安積もそうだった。

「本庁の捜査一課と高輪署は殺人と断定した。高輪署に合同の捜査本部が設けられる。湾岸分署もかかりっきりになれる捜査員を何人か出すように言われた」

安積は、わずかに間を置いた。桜井に、自分が何を言おうとしているかを察してほしかった。「おまえ、行ってくれ」

「僕ひとりでですか……」

「この刑事部屋を見ろ。他に誰かいるか？」

「本庁と高輪署は、何人かよこせと言ってきたんでしょう？」

「そう。だが、私は、私の判断でおまえさんひとりだけを行かせることにした。さあ、わかったら、高輪署へ出かけるんだ」

「マークⅡを使っていいですか？」

　電話が鳴った。

　マークⅡを使う？　どうでもいいことだ。安積はうなずいた。

　受話器を取る。

「何だって」

　滅多に表情を変えない安積だったが、そのときは、はっきりと驚きをあらわにした。

「ちょっと待て」

　出て行こうとしていた桜井にそう言ってから、受話器に向かって言った。「銃撃戦だと？　どうしてそんなことになったんだ」

　連絡をよこしたのは、大橋武夫だった。応援の要請だ。

　警視庁捜査四課――いわゆるマル暴と、村雨、大橋たちが、拳銃を押収するために運び出そうとすると、突然、船員の何人かが撃ち始めたのだという。

　安積は、無線室に内線電話をかけ、外勤警官に応援を求めるように指示した。

彼は、次に課長に言った。

「しばらく刑事部屋がカラになります。じき、須田と黒木が戻るはずですが、それまでよろしくお願いします」

安積は町田課長の返事を聞くまえに、課長室のドアを閉めた。鉄の頑丈な扉があり、その鍵を解けると、なかに柵があった。安積は、自分と桜井のS&W・三八口径チーフスペシャルを取り出して、再び扉を閉ざした。

桜井と安積は刑事部屋を飛び出して駐車場に向かった。

桜井が覆面パトカーのマークIIの運転席に飛び込む。安積は助手席に乗り込んで、マグネット式の回転灯をルーフに取りつけた。

回転灯のスイッチが入り、サイレンが鳴り始めた。

桜井は、巧みにハンドルをあやつって駐車場を出た。

湾岸高速道路の下を通り、東雲、豊洲を経て晴海に向かう。途中、スープラのパトカーが、安積たちのマークIIを追い越して行った。

助手席の制服警官が、追い越すときに笑顔で敬礼を送ってきた。交機隊の小隊長のひとりだ。名前は速水直樹。階級は、安積と同じ警部補だった。応援の要請にこたえて、ベイエリア分署の花形、ハイウエイパトロールが現場へ急行したのだ。

「無茶するなあ……、こっちは回転灯回して、サイレン鳴らしてんのに」

桜井が言った。「こっちに乗ってるのが誰だか知らないんですかね」

「知ってるさ」

安積はこたえた。

現場ではまだ銃声が断続的に続いていた。

「指揮を執っているのは誰だ」

安積は大橋刑事を見つけて尋ねた。

「本庁捜査四課の部長刑事です。倉庫の裏にいます」

大橋は指差した。

倉庫のまえには、パトカーや覆面車がさまざまな角度で止まっており、その陰に制服警官や刑事たちがうずくまり、応戦していた。

そのパトカーのなかには、ベイエリア分署が誇るスープラは見当たらなかった。

それじゃあ、私たちを追い抜いて行ったのは何のためだったんだ。安積は一瞬憤慨した。

しかし、すぐに、あまりに子供じみた感情であることに気づいた。追い越されたことが面白くないわけだ。まあ、いい。パトカーはいつでも大忙しだ。そういうことにしておこう……。

大橋は、安積と桜井を、倉庫の裏づたいに案内し、作戦本部らしきところへ連れて行った。

「チョウさん」

村雨部長刑事が、誰かと話し合っていた。村雨は、その男が、本庁捜査四課の部長刑事であることを告げた。

「臨海署の安積です。状況は？」

「見てのとおり、膠着状態でね」

この男も階級を忘れていた——あるいは無視していた。「ま、応援が続々と駆けつけているから、片づくのも時間の問題だ」

「時間の問題？　私は、その時間こそが問題だと思いますがね。銃撃戦は、長びけばそれだけ犠牲者の出る可能性が増える」

「それくらい、わかってるよ。だが、強行突破は、さらに犠牲者を出す可能性が大きい。違うかね」

「議論しているときではないと思いますが、係長」

桜井が、係長という言葉をやや強調して安積に言った。

「そうだな」

安積は、捜査四課の男を見た。マル暴の刑事だけあって、ヤクザと見分けがつかない。角刈りに、ギョロ眼。黒いスーツに、白いワイシャツを着ており、ネクタイをしていない。

その男は、わずかに驚きの表情で安積を見ると、急に態度を変えた。

「もう少し詳しく話してください。われわれが撃ち合っている相手は何者なんですか？　表で応戦しているのは、どこの署の警官ですか？」

すでに、この場を誰が仕切るかは決定していた。マル暴刑事はこたえた。

「犯人は、当初は船員かと思われていましたが、その後の調べで、板東連合系国光組の暴力団員と判明しました。応戦しているのは、築地(つきじ)署の捜査一、四課および、外勤警官です」

「相手の数は？」

「四名です」

「犯人どもはまだ船内にいるのですか？」

「いや、船を降りて埠頭にいます。積み荷の箱を楯(たて)にしているんです」

「とにかく、表へ行って様子を見ましょう」

安積は先頭に立って歩き始めた。彼は、ショルダーホルスターから三八口径を抜き、銃口を上に向けて、倉庫の壁づたいに銃撃戦の現場へ向かった。

マル暴刑事、それから三人の安積の部下がそれに続いた。

現場が見えた。

三つのコンテナが埠頭に降ろされており、そのうしろに犯人たちの影が見え隠れしている。パトカーが二台、覆面車が一台——それが警察側の陣営を形作っていた。

制服警官が四名、刑事が四名、安積たちに背を向けている。彼らは予備の弾丸など持っていないはずだ。ひとりがリボルバーの五発を撃ち尽くしてしまえばそれで終わりだ。

よく知られていることだが、警察官は、六発入るシリンダーのうち一発を空(から)にしておく。暴発予防のため、空のところに撃鉄をおろしておくのだ。

相手は、弾をたっぷりと持っているようだった。主に犯人側が撃ってきていた。

これでは膠着状態になるのは当然だと安積は思った。

「桜井」

安積は言った。「マークⅡを犯人の脇のほうに付けられるか？　飛び石のように、犯人に近づく足がかりにするんだ」

「やってみます」

「大橋。おまえは、助手席に乗って、運転する桜井を援護しろ」

「はい」

いい返事だった。ふたりは、倉庫の裏手へと駆けて行った。安積は、彼らの歯切れのいい返事やきびきびとした行動に、実のところ驚いていた。要するに、チャンスを与えてやるかどうかなのだ――ふと、安積は思った。

彼は、村雨に言った。

「行くぞ」

安積は、コンテナに一発撃ち込んでおいてから、倉庫の脇を飛び出し、覆面車の陰に飛び込んだ。

村雨がぴったりと付いてきた。

本庁捜査四課の刑事は、安積と同様に一発撃ち、隣りのパトカーの後ろへ駆け込んだ。

私より慣れているかもしれないと安積は思った。それとも、隣りの芝生というやつだろうか……？

「安積さん……」

築地署の刑事が驚いたように顔を見た。「係長が来てくれたんですか」

この男とは何度か仕事をしている。築地署は臨海地区の管轄(ナワバリ)を持っているので、臨海署と合同捜査をする機会も多い。

「今、うちの若いのが左側からやって来る。マークIIを横づけするんだ」

「もっと応援が来てくれるものと思っていたんですが……」

「まあ、市街地のようにはいかんさ。マークIIが来て、態勢がととのったら、一気に追い込むぞ。むこうは四人。こっちは十三人だ。しかも、こっちは、プロなんだ」

「たのもしいな」

築地署の刑事は蒼(あお)ざめていた。

自分もそうかもしれないと安積は思った。

左手のほうで、タイヤのきしる音がした。かすかにゴムのこげる臭いが漂ってきた。

マークIIが、テールを海の側にすべらせた後に、犯人たちに助手席の側を見せて停車するのが見えた。

そのマークIIに、銃撃が集中した。桜井と大橋は、転がるように車を降りて、その陰に隠れた。

「よし、行こうか」

安積は、築地署の刑事の肩を叩(たた)いた。彼らは桜井たちのところまで行こうとした。「村雨。おまえは残って、援護してくれ。合図したら、同時にコンテナのところまで行く。いいな。本庁のマル暴に段取りを伝えておいてくれ」

安積が腰を浮かせたそのとき、大排気量のエンジン音が右手で鳴り響いた。倉庫の裏からトラックが現れ、コンテナのまえで急停車した。

4

「くそっ」

築地署の刑事が毒づいた。「やつら、迎えを待っていやがったんだ」

安積は、警官全員に命じた。

「タイヤを狙(ねら)え。トラックを動けなくするんだ」

しかし、無駄だった。四人の犯人はすぐに荷台に転がり込み、トラックはあっという間に急発進した。

荷台から犯人たちが撃ってくる。警官は一瞬動けなくなった。

トラックは、マークIIの鼻先をかすめていった。マークIIのバンパーがひしゃげてしまった。大橋と桜井は、あわてて反対側に回り込まねばならなかった。

トラックは晴海埠頭をあとにしようとしていた。

警官たちは、いっせいに自分のパトカーに乗り込んだ。無傷の車は一台もない。ある車は、タイヤを撃ち抜かれていたし、ある車は、ガラスを粉々にされていた。

それでも彼らは、トラックを追おうとした。

走れそうなのは、パトカーが一台と、安積たちのマークIIだけだった。パトカーが先に走り出した。

安積は、桜井に怒鳴っていた。

「トラックを追え」

彼は、桜井が運転席にすわるのと同時に、助手席に収まり、ドアをしめていた。

パトカーのすぐあとに続いて、マークIIは発進した。築地署のパトカーはスカイラインだった。

桜井の顔は蒼白（そうはく）だった。おそらく震えているだろうと安積は思った。それで当然だ。

「晴海から出ると面倒なことになるな」

安積はつぶやいてから、無線で、パトカーの緊急配備の要請をしようとした。

そのとき、たのもしい、聞き慣れた排気音がとどろいた。

倉庫の脇から、白と黒に染められ、赤い横長の回転灯の列を光らせたスープラが飛び出してきた。

スープラは、スカイラインのパトカーの鼻をかすめ、すさまじい加速で、あっという間にトラックに追いついた。

さらにトラックを追い抜いたあと、四輪をドリフトさせてトラックの前へ出た。

トラックの運転手は、正面から車に激突していくほど度胸がよくなかった。命知らずという点では、スープラの運転手のほうが上をいったのだ。

トラックは止まっていた。

スープラのパトカーから、さっとふたりの警官が降り、膝(ひざ)をついて銃撃を始めた。

スカイラインのパトカーと、マークIIもトラックの後方に停(と)まった。

安積たちも、銃撃に加わった。不思議なもので、あれだけの膠着状態が、たったひとつの突破口によって打開された。

勢いの問題だった。今は、安積たちのゲームになっていた。残りの警官が駆けつけたときには、すでに勝負は決まっていた。

運転席の男は、桜井が手錠をかけた。荷台の犯人たちは、警官に銃を向けられて両手を上げていた。

スープラのパトカーから降りてきた交通機動隊小隊長の速水が安積に言った。

「さ、これからは、あんたの出番だよ」

「いいや」

安積は首を振った。「彼らの出番さ」

荷台から降りてきた男たちを検挙しているのは、築地署の連中だった。

「そういうことか」

しかし、この一件は誰が何と言おうと、ベイエリア分署のハイウェイパトロールの手柄だと、安積は思った。

「おい。おまえさん、いやなやつだな。え？」

安積は、笑いを浮かべながら交機の速水小隊長に言った。

「俺だって、おまえなんか、大嫌いだよ」

速水小隊長は、大声を上げて笑った。彼は、安積に敬礼をして去って行った。

桜井と大橋がそのやり取りを、ぽかんとした顔で眺めていた。


署に戻ると安積は、机の上のメモを見てうんざりした。

『午後一時より、高輪署特別捜査本部にて、捜査会議』

銃撃戦の興奮はまだおさまっていない。桜井や大橋、村雨も同様だろうと安積は思った。興奮のあとは、一種独特の虚脱感がやってくる。生きのびたことへの代償なのだろうと安積はいつも考えていた。

一時はとっくに過ぎていた。

桜井ひとりを行かせるのがどうにも忍びなかった。

刑事部屋には、全員が顔をそろえていた。須田と黒木は、倉庫の窃盗の現場から戻っていた。ふたりを呼んで報告を聞いた。

「ここ二か月で、似たような手口が三件あるんですよ」

須田は、難しい顔をして言った。

こういう報告のときには、そういった表情をしなければならないと信じているに違いない——安積は想像していた。

須田は、コンピューターのプリントアウトを安積に渡した。

「すべてブランドものの衣料か?」

「そうですよ、チョウさん。知ってます? そういう衣料ってのは、すぐさばけるんです。原宿あたりの路上で売ってもよし、マンションの一室で売ってもよし。ディスコでチラシでもまけば、その日に完売です」

それがこの世で最も凶悪な犯罪であるかのような口調で須田は言った。

「……で? プロの手口なのか?」

「用心して行動してますがね」

黒木が言った。「素人のやりかただと思いますよ」

「その点は、報告書に詳しく書くつもりですがね」

須田が補足した。「どうやら、三件とも、内部の人間が手引きしたフシがあるんですよ。つまり、そういうやりかたが共通しているわけで……」

「わかった」

安積はうなずいた。「報告書は今日中に作っておいてくれ」

須田と黒木は「はい」と言って席へ戻ろうとした。須田が立ち止まって振り返った。

「そうそう。チョウさん。ゆうべの件、殺人事件になったそうですね。課長が言ってました」

「そうだ、高輪署に合同捜査本部ができた」

須田は、重大なことを聞いたように、重々しくうなずき席に戻った。

安積は刑事部屋を見回して、誰を高輪署へ行かせようか考えた。そして、結局、自分が立ち上がった。

「桜井。高輪署の捜査本部へ行こう」

桜井はまだ蒼い顔をしていた。驚いてその顔を上げた。

「僕ひとりで行くんじゃないんですか」

「もう捜査会議が始まっている。本庁のインテリ相手に遅刻の言い訳がうまくできるならひとりで行ってもいい」

桜井は外出の用意を始めた。

「言い訳は得意ですが、今は、そんな気分じゃありませんね」

そうだろうな。安積は思った。私だって同じだ。

彼は、言おうかどうしようか迷ったすえ、村雨に声をかけた。

「私が留守のあいだ、よろしくたのむ」

村雨は、余裕をもってうなずいた。

部長刑事は、村雨と須田のふたりだ。村雨だけに声をかけたことで、須田のプライドは傷ついただろうか？　安積はちらりと須田を見た。

須田部長刑事は、部屋の隅にあるコンピューターのキーボードを無心に叩いていた。何かのデータを呼び出そうとしているのだろう。この男に関しては、いらぬ心配だったと思いながら、安積は階段を下った。

一階まで来たとき、さきほどの交機隊の速水小隊長の姿が見えた。安積は声をかけた。

「さっき、パトカーを運転していた巡査の名は何というんだ？」

「名前なんてないさ。ただの交機隊員だ。おい、あいつが特別だなんて思ってくれるなよ。ベイエリア分署のハイウェイパトロールは、誰だってあれくらいのことはやってのけるんだ」

「本当に、おまえはいやなやつだな」

速水は、うれしそうに笑った。


高輪署の会議室の脇に「ライブハウス殺人事件特別捜査本部」と太い墨跡の貼り紙がしてあった。

どこの署にも、必ず達筆な人間がいるものだ。この種の貼り出しを書かせるために雇っているのではないかと安積は一瞬思った。

ドアをノックする。返事はない。

安積はドアを開けた。

折りたたみ式の細長いテーブルが長方形を形作って並べられており、そのむこうに、キャスター付きのホワイトボードが立っていた。

テーブルの周りを、一癖も二癖もありそうな、さまざまな年齢の男たちが囲んでいた。皆に共通しているのは、いかにも不機嫌そうな表情だった。

安積はこれまでに、にこやかな表情の刑事に出会ったことがないような気がした。

錯覚だろう。錯覚に違いない……。

「よう。チョウさんが直々にお出ましか？」

顔見知りの刑事が言った。高輪署の刑事捜査課係長だった。名前は奥沢。初老の警部補だ。

「遅くなりまして申し訳ありません」

ホワイトボードの脇に立って、事件の概要を説明していたのは、現場で会った部長刑事の小野崎だった。彼は、安積にうなずきかけ、空いている席を指差した。

パイプ製の折りたたみ式椅子が三つ並んでいた。安積と桜井は並んで腰を降ろした。本庁の刑事たちがふたりを睨んでいた。

安積と桜井のところにも資料が回って来た。

高輪署と本庁の刑事が三人ずつ来ていた。

小野崎部長刑事が、説明を再開した。

「係長、嘘をつきましたね」

桜井が耳打ちをした。「言い訳する暇なんて与えてくれないじゃないですか」

小野崎の説明や、配付された資料からは、特に目新しい事実は発見できなかった。桜井はまじめにメモを取っていた。それともメモを取るふりをしているだけなのだろうか——安積にはわからなかった。

事実、安積が特に記録にとどめておきたいような話題はまったくなかった。

ホワイトボードには、捜査員が家宅捜索をして手に入れてきたらしい被害者の写真が小さな磁石でとめられていた。遠くてよく見えないが、なるほど、小野崎が昨夜言ったように、なかなかの美人のようだと安積は考えていた。

客のリストに載っている氏名は、全部で百三十二人。そのうち七十五人が女性で、なおかつ七十五人のうちの六十三人が未成年だった。

親はいったい何をしているのだろう。そう考えている自分に気づき、安積は少々驚いた。

——俺はいつから、親の心配をするようになったんだ？

自分にも娘がいるせいかもしれない、と彼は思った。もう何週間も、いや、もしかしたら何か月も会っていない娘が……。

安積は、リストに思考を戻した。

リストに載っている客と、被害者の関係は今のところひとつも見つかっていない。被害者は、他のどの客とも無関係だった。従業員のなかにも、被害者との関連のある者はいない。

被害者が死ぬ直前、あるいは直後、店を出た客もいない。それはレジ係に確認を取ってあった。

死因は、佐伯医師が言っていたように、シアン化カリウム——つまり青酸カリだ。

客のリストのなかに青酸カリに結びつきそうな人物はいるだろうか？　安積は、期待もせずに探した。いない。

薬品関係、メッキ関係、金の精練などの職業の人間はひとりもいない。もっとも、そんな人間が青酸カリを使って殺人をしたら、警察につかまえてくれと訴えているようなものだ。

学生というのはどうだ？　安積は考えた。職業の欄が学生となっているのが、百三十二人中百二人もいた。高校生が多い。専門学校の生徒もかなりおり、大学生は少数派だった。化学や薬学をやっている大学生が、青酸カリをごく少量持ち出すのは可能だろうか？あるいは、高校の化学部などの生徒が、持ち出すのは？

不可能ではないが、考えにくかった。青酸カリほどの毒物になると、どこでも厳重な管理下に置かれているはずだ。持ち出せば、必ず足がつく。

「……というわけで、不特定の人間を狙った無差別殺人ということも考えられると思います」

高輪署の刑事の声が、安積の耳に入ってきた。

無差別殺人？　安積は思った。いったいどうしてそんなことが考えつけるんだ？

そう思ってから、逆に自問した。なぜ私はそうは考えなかったのだろう？　そして、今も、そうは考えられない。

「きさま……」

警視庁捜査一課の刑事が、突然、桜井を指差して怒鳴った。迫力のある形相だった。

「きさまは、捜査会議がそんなに退屈か？」

桜井は急に背を伸ばした。居眠りをしていたのだと安積は気づいた。彼は、かすかに溜め息をついた。

それにしても「きさま」とは、と安積は思った。ここは軍隊か?

「いえ……。申し訳ありません」

桜井は起立して言った。

「きさまみたいな役立たずはいらん。すぐに出て行け」

桜井は何も言えずに下を向いている。

役立たずだと。安積は腹を立てた。ベイエリア分署の俊英だぞ。銃撃戦の直後、駆けつけたんだ。ゆうべもろくに寝ていない。つい気がゆるんだだけのことじゃないか。役立たずだと。

たいへん珍しいことに安積は、自分を抑えきれなくなった。

「出て行けと言うなら、すぐに出て行ってやる。そして、二度とここへは来ない」

安積は本庁捜査一課の刑事を睨みつけて言った。その場にいた刑事たちがはっと注目するほど怒気をはらんだ声だった。「ベイエリア分署ってのは、いったい何なんだ? 便利な小間使いか? そんなんだろうな。来いと言われればどこへでも顔を出すさ。そして、消えろと言われりゃ、すぐさま消えてやる」

「何だ、おまえは?」

きさまではなく、今度はおまえだ。

何だ、おまえは、とこいつは尋ねたな。

「俺が、湾岸分署の安積だ、と、どこへ行っても大声で言ってもらいたいと思ってる」

佐伯医師が、さきほどそう言って安積を勇気づけた。しかし、そんな真似（まね）が自分にできるだろうか、と安積は自問した。

彼は言っていた。

「こいつの上司だがね」

「名前は？」

「何で、私があんたの尋問を受けにゃならんのだ？　え？　さあ、桜井。行くぞ。私たちは、お役ご免だとさ」

「待たんか、きさま。名を言え」

また、きさまか――安積は心のなかでつばをはいた。

「まあまあ」

高輪署の係長が場を収めようとした。「捜査会議中の居眠りなんて、誰だって一度は経験があることじゃないですか」

安積は言った。

「桜井。帰るぞ」

高輪署の係長が安積に言った。

「そういきり立たんでもいいでしょう、安積警部補」

まるで、彼と対等に口をきけるのは自分だけだと言わんばかりの口調だった。そして、事実そうだった。

桜井を怒鳴りつけ、安積を詰問した本庁の刑事は、おそらくは部長刑事だったのだろう。警察の階級は自衛官より厳しいと言われている。本庁などにいると、いっそうそのことを痛感しているに違いない。

本庁の刑事は、詫びこそしなかったが、それきり何も言わなかった。

「さ、ふたりともすわってくれ」

高輪署の係長が言った。「さて、話はどこまでだったかな」

彼の顔を立てる形で、安積は刀を収めた。ふたりは腰を降ろした。

会議が再開される。

「安積さん、今のことについてどう思うね」

係長が尋ねた。

今のこと？　どのことだ？　無差別殺人か？　そうだったな――安積は言った。

「被害者とつながりのある人間があの店内にひとりもいなかったということを考えれば、そういうことも言えますがね」

発言するのが気恥ずかしかった。しかし、この機を逃せば、もっと気まずくなる。高輪署の係長は、その点を考慮して指名してくれたのだ。「でも、それにしては、被害者が妙に浮いているような気がするんです」

「浮いている？」

小野崎が訊き返した。

「そう。三十五歳のホステス。あの店の客のなかでは、きわめて特別な存在です。その点が気になりましてね。それに、ホステスならあの時間は、稼ぎ時でしょう」

刑事たちは、メモを取った。安積は、少しばかり機嫌を直した。

*5*

捜査会議が終わって、刑事たちはそれぞれの仕事に散って行った。

高輪署の廊下で、安積は桜井を怒鳴りつけた警視庁捜査一課の刑事に声をかけられた。

そのときの気分を顔に出すまいと努めながら安積は立ち止まり、振り返った。彼は、自分と並んで歩いていた桜井を、先に行かせた。

面白くない話になるのはわかっていた。桜井に聞かれたくなかったのだ。

「何ですか？」

「さっきは、自分が言い過ぎました。自分は荻野照雄（おぎのてるお）といいます。巡査部長です」

「こちらこそ、おとなげのないところをお見せしました」

安積は、それで話を打ち切りにしたいと思った。

「安積係長が専任で捜査に加わってくださって、心強い限りです」

きたな、と安積は思った。明らかな当てこすりだ。やるもんだな——安積は心のなかでほくそえんでいた。

「残念だが、私は専任でつくわけにはいかない。桜井に——あんたが怒鳴りつけた刑事だがね——彼にまかせるつもりだ」

「本庁も三人、高輪署も三人のメンバーを出しているんですよ。しかも、どちらにも警部補がひとりずついる……」

「本庁からも警部補が来ているという意味かね」

「そうです」

「私はまた、あんたが一番偉いのかと思っていたよ」

「どうでもいいことです。自分は、安積警部補にもこの捜査に参加していただきたいと申し上げているのです」

「いや、それはできない」

「なぜですか」

「うちの署の問題だ。ほかの捜査がスムーズに進行しなくなるおそれがある」

「他の人にまかせることだってできるでしょう」

「あんたは、どうしてうちの署が分署と呼ばれているか知らんらしいな。湾岸分署の刑事捜査課一係には、警部補は私しかいないんだよ」

「しかし、選りに選って、あの若いのにまかせるとは……」

安積は怒りが再燃するのを感じた。

「私が彼を選んだのだ。彼の報告は、直接私が聞くし、私が必要と判断したら、応援も送り込む。若いからといってなめてはいけない。やつは優秀な刑事(デカ)だ」

安積は、一方的に話を打ち切りにした。彼は、荻野巡査部長にさっと背を向けると、廊下を歩き始めた。

どうして、こう警官というのは気に入らないやつばかりなんだ。安積は思った。同僚が好きになれないんだ。一般市民が毒蛇のように嫌うのも無理はない。荻野と言ったっけな、あの部長刑事。あんなやつは刑事などやめさせて、公安にでも異動させればいいんだ。そうさ。いまだに、軍国主義、日本帝国主義が色濃く残っている公安部か、警備部に――。

安積は、警察官としては考えてはいけないことを考えていた。軍国主義、日本帝国主義などという言葉に警察の管理職は、一般人が思うよりずっと敏感に反応する。

そして、安積が考えた、公安部や警備部は刑事部などに比べると、エリートの集まる出世コースなのだった。

私たちが厳しい思想チェックを受けていることなど、民間人は知らんだろうな――安積はたいへん不愉快に、そう考えていた。だが、警察官のなかでも、刑事だけはちょっと違う。安積はそう信じようとしていた。そのことを思い出して、少しだけ気分をよくした。

桜井は、捜査に出向いていた。安積は弾のあとがあり、バンパーがひしゃげているマークIIを自分で運転して署に戻った。

明日からは、覆面車を桜井に使わせてやろうか。安積はそう考えていた。それであいつに少しでもハクがつくなら安いものだ。

刑事部屋に戻ると、村雨と大橋がいなかった。

黒木はせっせと書類仕事をしており、須田は新聞を読んでいた。

安積は須田に、村雨たちはどうしたのかと尋ねた。

「本庁の捜査四課から電話がありましてね。ウチコミをやるから付き合えと言われて、ブーブー言いながら出て行きましたよ」

ウチコミ、はガサイレとも言う。一般にはガサイレという言葉が知られているようだが、実際には、どちらかといえばウチコミという隠語のほうを多用する。

「さっきの銃撃戦の関連か？」

「ええ、そうです。尻尾(しっぽ)をつかんだところで一気に大量検挙――まあ、本庁の捜査四課はそう考えているんでしょう。うまくいったら、でっかく新聞に出るでしょうね」

「それで、まさか、おまえさん、その記事を今から探してるんじゃあるまいな」

須田は、あわてて新聞をたたんだ。

「よしてくださいよ、チョウさん……」

「何か面白い記事でも見つかったのか」

「いえね。ゆうべ、てんやわんやだったのは、うちや高輪署だけじゃないんだな、と思いましてね……」

「別に驚かんね。どこだって忙しいのさ。何があったんだ」

「殺人ですよ。四十五歳の男性が、自宅で刺殺されているのが見つかったんだそうです。現場は荻窪（おぎくぼ）のマンション——荻窪署の管轄ですね。死亡推定時刻は、九時前後といいますから、高輪署の件とほぼ同じ時刻ですね」

安積は、須田の話を聞きながら席に着いた。彼は、わずかの間、考えてから言った。

「それで、おまえさん、何かつかんだというわけか？」

「何かつかんだ？　いえ、チョウさん。俺はただ、偶然てのは面白いもんだなと思ってたんですよ」

またしても安積は須田に驚かされた。刑事は偶然という言葉を嫌う。捜査上のタブーと言っていい。

「その記事を見せてくれないか……」

「いいですよ」

須田が立ち上がって、安積のところまで新聞を持って行った。

被害者の名は池波昌三（いけなみしょうぞう）。年齢は四十五歳。彼は、鋭利な刃物で腹部、背中など計十二か所を刺されていた。殺しに慣れていない者の犯行だ。死因は、刃物による致命傷ではなく、おそらく失血死だろうと安積は思った。

池波昌三は独り暮らしだった。妻子とは別居中ということだった。

安積の心が急に重くなった。似たような境遇の男がいるものだ。これこそ、偶然というものだぞ。殺人の被害者と、それを捜査する立場にある者が、まったく同じ年で、同様な生活を送っている。どちらも人間だということで、それ以上の意味はないのだろうかと安積は考えていた。

被害者の池波昌三は、「ニシダ建設株式会社」という建築会社の営業課長だった。

ニシダ建設……。

その言葉が安積の心にひっかかった。どこかで聞いたような気がした。あるいは、どこかで目にしたのだろうか。

「おい、ニシダ建設っての、知ってるか」

須田と黒木が顔を上げた。

「名前は知ってますよ」

黒木が言った。「テレビでコマーシャルなんかもやってる、けっこう大きな会社ですからね」

「俺も、その程度のことなら知ってますけど……」

須田が言った。「ああ、その被害者がつとめていた会社ですね。ニシダ建設がどうかしましたか？」

「うん……」

安積は、ふたりの顔を交互に眺めた。「どこかで聞いたような気がするんだが、思い出せん」

須田と黒木が顔を見合わせた。

須田が、真剣な顔をした。例の秘密を分かち合う少年の表情だ。

「重要なことなんですか?」

「そうかもしれんし、そうでないかもしれん。おまえたちふたりが特に心当たりがないというのなら、私の思い過ごしかもしれん」

そうか、テレビでコマーシャルをやっているのか——安積は思った。そのせいかもしれない。この仕事をしていると、何もかもがごっちゃになってしまう。

「気になるんでしたら、俺、ちょっとコンピューターを叩いてみましょうか」

須田がうれしそうに言った。

「いや」

安積は考えた。「おまえの楽しみを奪うようで悪いが、その必要はないと思う」

「そうですか……」

安積は、ふと考え直した。

「そうだな……。それじゃ、手が空いたときにちょいと調べておいてくれ。あくまでも手が空いたときだ。仕事の優先順位を間違えるなよ」

「わかりました」

「倉庫の窃盗の件はどうなった?」

「ええ。製品を盗まれた倉庫の内部の人間の事情聴取を分担してやってます。あとは、原宿署と麻布署から、盗品の売買に関する資料をかき集めているところです」

「おまえたちが事情聴取にかり出されなかったのは奇跡だな」

須田がにやりと笑った。

「原宿署や麻布署から資料をもらう役をおおせつかったんですよ」

「それなのに、おまえは行っていない……？」

「ちゃんと資料はそろえましたよ」

須田は、部屋の隅にあるコンピューターを親指で示した。「そのためのオンラインなんです。みんな、そのことを忘れてるみたいですね」

今のところ、須田の最大の味方は自分ではなくコンピューターかもしれないと安積は思った。彼はうなずいて、新聞に眼を戻した。

凶器は、まだ発見されていなかった。今のところ、目ぼしい手がかりもなさそうだった。荻窪署に警視庁捜査一課と合同の捜査本部が作られたと記事に書かれていた。

こちらの捜査本部でも、気に入らない刑事どうしが、いがみ合いをやっているのだろうか。安積は想像して、ひそかに苦笑した。まさかな。捜査本部の連中は、仲よく秘密を共有し合っているに違いない。くすくすと笑いながら、誰も知らない秘密を……。

電話が鳴って、安積の妄想は中断した。

受話器を取り、メモに走り書きした。電話を切ると安積は、須田と黒木に言った。

「新木場で不審火だ。現場検証に行ってくれ。人が足りないそうだ」

黒木は即座に立ち上がった。須田も不満の表情を見せず、うんとうなってから腰を上げた。

安積は、詳しい住所をふたりに教えた。ふたりは、刑事部屋を出て行った。車のなかで彼らがぼやくのが目に見えるようだった。安積もかつてはよくそうしたものだ。

刑事の仕事はどれもつらいものだが、火事場の現場検証はそのなかでも特にひどい。足もとは、放水のためにひどいぬかるみになっているし、すすが鼻の穴や眼に入り込み、涙が止まらなくなる。

焼け落ちた現場を根気よくほじくり回し、何かを見つけなければならない。何を見つければいいのかは、まったくわからない。どこか奇妙だと感じるもの——それを発見してから初めて仕事らしい仕事になるのだ。

ときには、ひどいものが見つかることがある。老人、あるいは幼児の焼死体——そういったものだ。一般の人々が正視に堪えない代物だ。刑事が仕事で眼にするもののなかでも無残な部類に入る。

刑事は、そういったものを含め、すべてを調べ回って出火原因をつきとめなければならない。過失によるものか、それとも放火か——。

過失なら、その刑事責任の資料をそろえる。もし放火と断定したなら、犯人の捜査を始めなければならない。

安積は、人気（ひとけ）のなくなった刑事部屋を見回した。一瞬、そこに、部下たちの幻が浮かんだような気がした。彼らは、上着を脱ぎ、シャツの袖（そで）を肘（ひじ）までまくって、せわしく行き交込んでやる」

安積はつぶやいた。「私たちの寝る時間と自由な時間を奪った罪で、ひとり残らずぶち

「みんな有罪だぞ」

っていた。

課長の部屋のドアが開いた。

安積はつぶやいているところを見られたのではないかと、ひやりとした。

町田課長は気づいていないようだった。

「安積くん、ちょっと……」

「何です？　課長」

町田課長は、刑事部屋に誰もいないのを、確かめて出てきた。いちいち確かめる必要はないのだった。

課長室といっても、天井まである衝立で仕切られているだけで、刑事部屋の様子はなかにいてもよくわかるのだ。

課長は、安積の机の脇に立った。

安積は椅子をすすめるべきかどうか考え、結局黙ってすわっていた。椅子にすわらせると、話が長くなるかもしれない。

「聞いたよ。高輪署の捜査本部に、桜井ひとりを行かせたそうだね」

「そのとおりです」

「桜井は、うちの捜査課では一番若い。適任だと思うかね？」

「今、うちから出せるのはあいつだけです。適任かですって？　もちろんですよ」

「本庁も、高輪署も係長クラスがメンバーに入っているそうじゃないか」

「そんなことは、うちの問題じゃありません。課長は、この件を私にまかせると言われました。私は、桜井を出すのが一番だと判断したのです。これ以上、議論の余地はないと思いますがね……」

「君ね。うちの問題とか、そういう考えかたでいてもらっちゃこまるんだよ。われわれは、捜査のことを第一に考えなくてはならない。湾岸分署の事情がどうの、高輪署の事情がどうのという考えかたは間違っている」

「そう。そうでしょうね。おっしゃるとおりです」

「人選をやり直してくれるかね」

「いいえ」

「安積くん……」

「この刑事部屋を見てください。このからっぽの部屋を。みんな、事件をかかえて走り回ってるんです。外で油を売っているやつなんてひとりもいません」

「そんなことはわかっているさ。どこの署の刑事だってそうだ」

「いや、違いますね。よその刑事は、少なくとも懸命に働けば検挙数が上がりプライドがある程度満たされます。だが、湾岸分署の検挙数は、刑事たちの働きに対して驚くほど少ない。これは彼らが無能だからではないのです。いつも、われわれがアシスタントに回るからなのですよ。今回も事件が解決すれば、高輪署の手柄となるでしょう」

「話題がずれているようだ」

「ずれてはいません。私は、アシストに見合う人材を派遣したのです。桜井は、充分に任務を果たしてくれるでしょう。あいつにもいい勉強になると思います。まさしく適任じゃないですか」

「どこの手柄になるとか、そういった考えはやめたほうがいい。君もいずれは、警部となって管理職に……」

「いいですか、課長、刑事（デカ）だって人間なんです。金だけの問題じゃない。一人前に、名誉欲だって持ってるんです。ひとりでも多くの人に『よくやった』『たいしたもんだ』と言われたいのです。それが当然でしょう。手柄をほめられりゃ、やる気も出ようってもんです。そうじゃないですか？」

「警察というのは、一般企業とは違うのだ。いいかね。われわれは公務に就いているのだよ。そんな名誉欲なんぞというものよりも、優先すべきものがあるんじゃないのかね」

「そう。ありますとも。そして、わが分署の刑事たちは、それを実行しています。私が請け合いますよ」

「それがわかっているなら、高輪署の捜査本部のほうも、何とか手を打てるんじゃないのかね」

「わかりました」

不毛な議論はもうたくさんだった。「私が、桜井を後押ししましょう。可能な限り、私も捜査本部のほうに顔を出すようにしますよ」

「よろしい」

課長は、ほっとしたようにうなずいた。「たのむよ」

彼は、自分の部屋に戻って行った。

あいつめ！　と安積は思った。本庁の部長刑事だ。名は何と言ったかな……。荻野だ。やりかたが汚いじゃないか。子供のように、上層部にご注進におよんだんだ。上のほうから、町田課長に電話でも来たのだろう。

まったく管理職の連中と来たら――安積の気持ちは鎮まりそうになかった。捜査本部に顔を出せというなら出してやろう。だが、私が首をつっ込んだからには、決しておとなしくしてはいないぞ――。

彼は、机の上にあった「ライブハウス殺人事件関連」の資料を、封筒に入れたまま、「未決」の箱に放（ほう）り込んだ。

けっこう大きな音がして、ちょうど刑事部屋に戻ってきた、村雨と大橋を驚かせた。

安積は不機嫌な顔のまま、ふたりを見た。

「暴力団の組事務所の家宅捜索に行っていたんだったな」

「そうです」

村雨が陰気な顔でうなずいた。「板東連合系国光組の事務所です」

「どうした？　浮かない顔だな」

「段取りが悪かったんですよ」

「段取りだって？」

「本庁の捜四(マルボー)が、見切り発車しちまいましてね。裁判所から、捜査令状や逮捕状が届くのを待っているうちに、敵に手を打たれちまったんです。おそらく、証拠不充分で、起訴には持ち込めんでしょう」

「湾でのドンパチはどうなった」

「組では、やつらをとっくに破門していると言っています。チンピラが勝手にやったことだと……」

「おい、本庁では、それで黙って引き退(さ)がったのか」

「とんでもない。『この借りは返す』と息まいてましたがね。俺たちは、お役ご免というわけです」

安積は、村雨と大橋を交互に眺めて言った。

「まあ、そんなところだろうな」

## 6

午後六時を過ぎると、刑事部屋がにわかに気ぜわしい雰囲気になってきた。いつものことだった。

東京ベイエリアの魅惑的な夜の始まりだ――安積は思った。

部屋のなかでは、絶えず電話が鳴っているような気がした。実際には、そんなにひんぱんに電話があるわけではない。神経を逆なでするような電子ベルの音がそう感じさせるのだった。

村雨か大橋のどちらかが電話を取る。

そのたびに彼らは、何かを安積に報告する。安積はそれに対して、指示を出す。ほとんど反射的なやり取りだ。安積が本気で考えなければならないような対応は、十件に一件――多目に数えても五件に一件の割だった。

外勤の制服警官が、手錠をかけた男を連れて刑事部屋に入ってきた。

「何だ?」

村雨が、制服警官に尋ねた。

「は」

警官はこたえた。「婦女暴行の現行犯です。受付で、こちらへ連行するように言われましたので」

安積は、顔を上げず、その会話を聞いていた。彼は、三分ほどまえに、階下の受付から内線電話があったのを思い出した。犯人を刑事部屋まで連れてくるよう命じたのは、他でもない安積自身だった。

知らんぷりをしているわけにはいかなかった。安積は、報告書から目を上げた。

「私がここへ連れてくるように言ったんだ」

村雨が安積のほうを向いた。

安積はその顔に不満や不平の色があるかどうかをチェックした。ない。それでいいんだ。気の合わない人間に対する観察は鋭くなるし、評価はきつくなる。気の毒にな、村雨――安積は、彼に同情しつつも、自分の感情を無視する気はないと考えていた。

「冗談じゃない」

手錠をかけられた男が、すっかり意気消沈した様子で言った。「こんな扱いを受けるいわれはないんだ」

安積は思わずその男を見た。

年齢は二十五歳前後。髪はきちんと手入れされていた。チノクロスのパンツに、ウォーキングシューズをはいている。シャツは白いオクスフォード地のボタンダウン。アーガイル柄のセーターを背に羽織り、胸のところで袖を軽く結んでいる。

上品な出立ちといえた。表情も理性的だった。おびえきってはいたが、取り乱してはいなかった。

「黙らんか。誰が口をきいていいと言った？」

制服警官が、怒鳴り、黒い牛革の靴の爪先で、男のすねを蹴った。

男は、あっと叫び、体を折り曲げて苦悶した。

安積はその警官の態度を不快に思った。

「おい、おまえ」

安積は警官に言った。「ここをどこだと思ってでかい面してるんだ」

制服警官は、自分のことだとはわからなかったようだ。安積は、さらに少しだけ声を大きくして言った。

「おまえは、被疑者の扱いも知らんのか？」

制服警官は、驚いた顔で安積を見た。

村雨と大橋も同様の表情を安積に向けていた。

「私が何か妙なことを言ったかね？」

安積は一同に尋ねた。

制服警官は、なおも不思議なものを見る目つきで安積を見ていた。

さすがに、村雨と大橋はいつまでも驚いてはいなかった。

「話を聞こう」

村雨が言った。「取調室へ行くんだ」

「ちょっと待ってくれ」

安積は村雨に言ってから、婦女暴行の現行犯と言われた男のほうに眼をやった。「あなたは、こんな扱いを受けるいわれはないと言った。それはどういうことなんですかね」

「彼女とは知り合いなんですよ。多少無理な迫りかたをしたことは認めますが……」

安積は彼の言葉を最後まで聞かずに、警官に尋ねた。

「君は、婦女暴行と言ったね。刑法に、そんな罪状はない。君が言おうとしているのは、一七六条の強制わいせつ罪か一七七条の強姦罪なのだろうが、正確にはどちらなのだね?」

「強姦の未遂です」

安積はうんざりした。

「ならば、強制わいせつ罪なのだよ。ところで、君は、これらの罪が親告罪であることを知っているね」

「ええと……。はい……」

「彼は正式に被害者から告訴されているんだね?」

「被害者の訴えは、確かにその場で受けました。ですが、正式の告訴かどうか……」

安積は、故意に黙って相手の話を聞こうとした。だが、その警官はそれ以上は何も言わなかった。

安積は書類に目を戻した。その件は、打ち切りという意思表示だった。

「手錠を外しなさい」

村雨が言った。彼は、安積の言葉の意味をよく理解していた。「さ、お引き取りいただいてけっこうです。あなたの名誉は法律で保護されています。名誉を毀損されたとお考えなら、訴えることができます」

「いえ……」

被疑者だった男の声が聞こえた。安積は、もう、一切、そちらに関心を向けようとはしなかった。

その男が出て行くのがわかった。

村雨は、警官に言った。

「親告罪というのがなぜ設けられているか知ってるのだろうな。事件が公になった場合、被害者の名誉が傷つき、かえって被害者の不利益になる犯罪が多いからだ。へたをすると、あんた、被疑者と被害者の両方を傷つけるところだったんだぞ」

やるじゃないか、村雨。安積は顔を上げずに思った。私の台詞（せりふ）を奪うとは……。

「さて、もう行っていいぞ」

村雨は制服警官を放免にした。


退庁時間が過ぎてずいぶんと経った。

刑事は本来は日勤だ。退庁時間がきたら、家路につくことになっている。

犯罪は時刻を問わずに起こるが、そのために、二十四時間体制の機動捜査隊の連中がいるのだ。刑事が、二十四時間働くことはない。

とはいうものの、たいていの刑事が、勤務時間を無視して働いていた。日本中どこでもそうだ。超過勤務手当はあるにはあるが、雀（すずめ）の涙と言っていい。

しかも、その手当には、階級によって大きな差があった。実のところ、安積は、どうやって超勤手当の金額が決定されているのか、まったく知らなかった。

刑事部屋を最初に出たのは、町田課長だった。

家庭を大切にする権利は警察官にだってもちろんあり、それは悪いことでは決してないと安積は考えていた。

それに、警部ともなれば、夜のつきあいも大変なのだろうと思った。

その次に、安積は須田と黒木を帰らせた。昨夜の埋め合わせだ。

村雨が当直だった。

安積は、村雨とふたりきりになるのがあまりありがたくなく、大橋に帰れとは言わずにいた。

しかし、報告書を手際よくまとめると、大橋は帰り支度を始めた。安積が彼を引き止めておく理由はひとつもなかった。

新人類刑事の大橋は、刑事部屋をあとにした。

電話の本数が減り、その静けさを、安積はかえってうとましく思った。

「係長」

村雨が言った。「あとは、俺ひとりでだいじょうぶでしょう。たまには、早く帰ったらどうです？」

村雨も同じような気まずさを感じているのだろうかと安積は思った。まさかな……。

「いや」

安積は言った。「桜井から連絡があるまで待とうと思ってな」

「特に訊きたいことでも?」

「そうじゃないが、あいつが捜査本部でよそのやつらにいじめられてやしないかと心配でな」

「何かあったんですか?」

村雨は真顔で尋ねた。

安積は、眼をそらした。

「冗談だよ……」

村雨は笑った。

苦笑とも、嘲笑(ちょうしょう)とも、愛想笑いとも取れる笑いだった。

安積はどういう笑いなのか判断を下すのをやめた。

桜井が戻ってきたのは九時過ぎだった。

「係長がな――」

村雨がにやにやしながら桜井に言った。「おまえが、よその刑事にいじめられてるんじゃないかと心配していたぞ」

「係長が? 冗談でしょう」

桜井は笑った。

どういう意味だ？　安積は心のなかで尋ねた。私は、部下からそれほど思いやりのない人間と思われているのか？　ま、それも無理はないか――。

「捜査のほうは？」

安積が初めて桜井に声をかけた。

「まず、あのとき店にいた客のリストをもとに、手分けして片っぱしから聞き込みをやっていますが、まるで手がかりなしですね。客のなかで、殺人の動機を持っている者はひとりも見つかっていません」

安積はリストのことを思い出していた。大半が学生だったはずだと彼は思った。

「一方で、被害者の身辺を洗っていますが」

桜井が報告を続けた。「まだ、進展なし、といったところです」

「被害者は独身だったのか？」

「ええ。ひとりです」

「男はいなかったのか？」

「いたらしいんですがね。被害者は、その男の素性を、仲間のホステスにも秘密にしていたらしいんです」

「本当に男がいたなら、必ず誰かはその相手のことを知っているはずだ」

「ええ……」

桜井は曖昧にうなずいた。「そうですね」

「被害者——何と言ったっけ？」

「藤井幸子。三十五歳」

「藤井幸子が、自分の男の素性を、周囲の人間に秘密にしていたというのは気になるところだな」

「はあ……」

安積は、桜井の煮えきらない態度が気になった。

「どうかしたのか？」

「僕も係長と同じことを考えているんですよ。でも、捜査本部全体の流れとしては、不特定の客を狙った愉快犯的な殺人だという見方が強まってきているんです。自動販売機のドリンク剤やジュースにパラコートを混入したような事件がありましたね。つまり、あのような……」

「……ということは、被害者との関係があるなしにかかわらず、あのとき店にいた客、従業員、すべてが怪しいということになるわけか？」

「理屈としてはそうです」

「理屈としては……？」

「実際に、被害者に毒を飲ませる可能性のあった人間は限られてくるでしょう。被害者は、かなりうしろの席にいたし、客の多くは前のほう——つまりステージ側にいたわけです。

捜査会議ではまあ、そういったことを重要視し始めたところで……」

安積は気に入らなかった。

三十五歳のホステスが、ウイークデイの夜であるにもかかわらず、場違いともいえる、ティーンエイジャーが集まる店に来ていた。

その不自然さを見過ごしていいわけはなかった。

さらに、藤井幸子が、自分の男の素性を、仲間のホステスにも知らせていないという点も不自然だった。その男は、彼女がつとめていた、赤坂の店には顔を出していなかったのだろうか？　安積は疑問に思った。それとも、店にやってきても、愛人どうしという素振りを見せなかったのだろうか？

もし、そうだとしたら、それはなぜなのだろう？

安積は、桜井に尋ねた。

「昨日、藤井幸子は店を休んでいたわけだな。どういう理由で休んでいたんだ？」

「それが、きのう、その店は休みだったんです」

「おい、待てよ。月曜の夜だぞ。赤坂のクラブが休みだったというのか？」

「何でも、前日の日曜日、パーティーがあって、全員ホテルへ呼ばれたらしいんです。店のホステスが、パーティーのコンパニオン役で主催者に呼ばれるのは、よくあることなんですって」

「ああ……。珍しくはない」

「……それで、いつもは日曜が休みなんですけれど、そのパーティーから流れる客を狙って、その日はそのまま営業をしたそうなんです。翌日は、その代休にあてたらしいんですよ」

「それは、どれくらいまえから決まっていたことなんだ？」

桜井は、手帳を出して、めくった。

「パーティー出張の話を受けたのが、約半月まえですね。おそらく、そのときから決まっていたんじゃないですか？」

「半月まえから、きのうは店が休みだと決まっていたわけか？　それを、被害者は知っていたわけだな」

「何言ってるんですか、係長……」

桜井はわずかに困惑の表情を浮かべた。「店のホステスですよ。知らないわけがないでしょう。これで、係長がさっき捜査会議で言った疑問点のひとつが解決したわけですね」

「私が言った疑問点？」

「ええ……。ホステスが、稼ぎ時に店にいなかったという点ですよ」

「ああ、そうか……」

安積にとっては、たいした問題ではなかった。不自然な点はほかにもたくさんある。

刑事というのは、そういったことにこだわらなければならないはずだと安積は心のなかで力説していた。

事実の表面だけを眺め、書式を整え、地検へ送り込むだけなら、誰だってできる。刑事の仕事というのは、そういうものではないはずだ。

安積は言った。

「その赤坂のクラブが、きのう臨時休業をするということは、客たちは知っていたんだろうか?」

「さあ……」

桜井はこたえた。「常連には、従業員が教えていたと思いますが……」

「被害者の男も、当然、そのことは知っていたと考えるべきだろうな」

「係長」

桜井がにわかに元気づいたように見えた。

「何が言いたいんですか?」

「何が言いたいか、だって?」

安積はつぶやくように言った。「そんなこと、私にもわかりゃしないさ」

桜井の肩から、また力が抜け落ちた。

「はあ……」

若い刑事はためらうように、安積の顔を見てから言った。「どうも、被害者のつとめていた店の名が気に入りません」

「店の名?」

「ラビリンス——迷宮ですよ」

確かに気に入らん——安積は思った。

## 7

安積はマークIIの鍵を桜井に渡し、明朝は高輪署に直行していいと伝えてから、刑事部屋を出た。

ベイエリア分署には、マークIIが二台あり、桜井に貸したのは、もちろん弾痕（だんこん）のない車だ。銃撃戦で使用したマークIIはすでに修理に出していた。

プレハブの庁舎を出たが、潮のにおいはしなかった。代わりに油のにおいが漂っていた。

かつては、自動車で、東雲を経由しなければ都心方面へ向かえなかった、文字どおりの人工の島だったが、副都心構想によって開発が進み、とりあえず、二系統のバスが通るようになっていた。

安積は品川駅行きのバスに乗った。最終バスだった。

将来は、ベイエリア分署のすぐそばに高層住宅群ができるということだが、そこには住みたくないものだと安積は思った。どんなにそこが快適であろうと、だ。

品川から山手線で恵比寿（えびす）まで行き、地下鉄日比谷（ひびや）線に乗り換える。終点の中目黒で降りた。

中目黒から十分ばかりの距離を、安積は急ぎ足で歩いた。いつしか早足で歩くのが習い性になっていた。

彼がたどりついたのは、青葉台にあるマンションの一室だった。ポケットから鍵を出し、解錠して鉄のドアを開ける。

短い廊下を通って居間に出た。

部屋のなかは暗かった。窓から、外の街灯の光が淡く差し込んでいた。

部屋に入ってすぐ右手にあるスイッチに手を持っていった。さぐらなくてもその位置がわかった。それくらい長く住んでいるのだった。

天井に埋め込んである蛍光灯が点(とも)って、広々とした居間を照らし出した。

灰色のカーペットが敷かれており、一角に応接セットが置かれている。二十九インチのテレビがあり、サイドボードがある。テレビにはうすく埃(ほこり)がたまっており、サイドボードのなかはほとんど空といってよかった。

廊下へ出るドアの左側が台所になっている。冷蔵庫があるが、それもほとんど空であることを安積は知っていた。

サイドボードの上には写真立てがあり、少女の写真が飾ってあった。娘の涼子(りょうこ)だった。妻の写真は一枚もない。

居間の奥へ進むと、左側に和室がある。和室と並んで洋間があり、安積はそこに安物のシングルベッドを入れ、寝室として使っていた。

和室は安積が、この何のおもしろ味もないマンションのなかで一番気に入っている部屋だった。彼は、その部屋には、まったく手を加えずにいた。年を取るにつれて、畳のにおいがありがたく感じられるようになってきた。

彼は、人気のない部屋をしばし眺めていたが、諦(あきら)めたような表情を浮かべると、上着を脱ぎ、ソファに体を投げ出した。

ネクタイをゆるめて、窓の外を見る。ベランダに洗濯機が置いてあり、そのむこうに、木の葉が茂っていた。

何の木なのか安積にはわからない。知ろうとも思わない。

部屋は三階にあるので、眺めはよくない。見えるものといったら、隣りのマンションの窓くらいなものだ。

どのくらいまえに掃除をしたのかは、とうに忘れてしまっている。掃除婦でも雇おうかと思ったが、そんなぜいたくができる身分ではなかった。非番の日に、掃除も洗濯も片づけてしまえばいいのだ。

このマンションのローンもまだ残っており、安積は払い続けている。

妻が娘を連れてこの部屋を出て行った今になっても、だ。玄関を入るとすぐ右手に、娘の涼子が使っていた部屋があるが、今では、その部屋はほとんど使われていなかった。

知人たちは、3LDKのマンションなど売っ払って、もっと小ぢんまりした部屋に移ることを勧(すす)めた。しかし、安積はこの部屋を出ようとしなかった。ささやかなマンションではあるが、安積が自分の給料で手に入れた城であることは間違いなかった。

合理性が問題なのではなかった。安積にとっては、ささいなことであっても誇りが大切なのだった。

だが、そうした生きかたは、他人と衝突することも多い。安積はプライドのためにあまり勝ち目のない戦いを続けているといえる。

妻が出て行ったのは、もう十年もまえのことだ。七年まえに正式に離婚している。

安積は、ようやくソファから立ち上がる力を取り戻した。

冷蔵庫の扉を開けて、氷を取り出し、流し台に出しっぱなしになっていたグラスをすすいで、そのなかに入れた。

涼しい音が響き、安積は少しだけ気分が安らいだ。

サイドボードには、一本だけ国産のウイスキーが入っていた。ウイスキーを、氷の入ったグラスになみなみと注いだ。

一口のウイスキーは素晴らしい効果をもたらした。喉を下っていき、胃で燃え上がったとき、安積は生き返ったように吐息をもらしていた。

たちまち一杯が空になり、二杯目を注いだ。

気分が軽くなってきた。軽くなったところで、妻や娘のことを考える勇気がわいてきた。

妻が安積のもとを出て行った理由は、安積にはわかっていた。しかし、本当に深いところでは理解していなかった。

これじゃ離婚したのも無理はないな。

彼は、これまで何度もそうしたように、苦笑してみた。

妻は刑事の仕事を本当に理解していなかった。また、理解しようとしなかった。彼女は耐え続けていたに違いない。

そして、安積は常に疲れ果てて巣に戻ってくる野獣でしかなかった。仕事のことを、妻に理解させようという努力を怠っていたのだ。

そんな余力はなかったさ。彼は自分に弁明した。

娘の涼子のことも妻にまかせっきりだった。耐えきれず、妻は涼子が十歳のときにこのマンションを出て行った。

母と娘はきっと父親の知らないところで、何度も話し合ったのだろうと安積は考えていた。それは、耐えがたい光景だった。

その様子を想像して、安積はもう一杯作らずにはいられなくなった。

母親は十歳の少女に判断を迫ったのだ。

待てよ、おい。安積は思った。法的に、一人前の思慮分別ができると認められるのは十三歳からだぞ――。

涼子が十三歳になるまでがまんしていたら、ふたりは出て行かなかったろうか？

そんなことはあり得なかった。いずれにしろ、女たちは去っていったのだ。

そして、今年、涼子は二十歳になるはずだった。

サイドボードに飾ってあるのは、十年前の写真だった。今でも、彼女に会う権利は残されていて、彼はその権利を行使した。

そのたびに、新しい写真をもらおうと思うのだが、なかなか言い出せなかった。照れもあった。だが、それ以上に申し訳なく感じるのだった。どんな小さなことでも、彼女に要求するのが申し訳ないのだ。

三杯目を飲み干すと、洗面所へ行った。

髪が乱れ、うっすらと髯（ひげ）が伸び始め、赤い眼をした中年男が鏡に映った。

「俺が、湾岸分署の安積だ」

彼は声に出して言った。

冷たい水を顔に叩きつけた。

朝起きて、寝室のクローゼットのなかを探したが、ワイシャツがなかった。クリーニングに出したまま、取りに行かれずにいた。

安積は渋い顔で、ベッドの脇に脱ぎ捨ててあったワイシャツを見た。すっかりのりが落ちてしまっている。

諦めてクローゼットの引き出しを閉め、そのワイシャツに腕を通した。昨日と同じスーツを着る。

決して品物は悪くないのだが、手入れもろくにせずに、毎日着て出かけるので、見た目はすっかり悪くなっていた。

ここ数年、朝食を取ったことがなかった。体に悪いという人もいるが、慣れの問題だと思っていた。

また、午前中は排泄だけして、一切物を食べず、内臓を休ませたほうがいいと主張する漢方医もおり、安積はそちらを支持したい気分だった。料理などからきしだめだし、材料を買いに出る暇もなかなか作ることはできないのだ。

八時十分前には刑事部屋に入り、机に向かっていた。

当直明けで、村雨が非番になっていた。

桜井は直接捜査本部へ出向いている。高輪署の駐車場に堂々とマークIIを乗りつけているだろう。その様子を想像すると、安積は気分がよかった。

机の上には、報告書が何通か届いていた。

目を通し、既決の箱へ放り込む。

須田、黒木、大橋の三人が、茶をすすっている。たった三人の刑事――。

わが捜査課一係は、こんなに人数が少なかったのかと、今さらながら安積は思った。

そのほか、制服警官がふたりいて、雑用を手伝ってくれる。

彼らはよく働いてくれる。刑事ではないが、刑事課の同僚だ。

この若いふたりの制服警官も刑事になりたいと考えているのだろうか？　安積はふと思った。われわれ刑事の日常をつぶさに見ている彼らが――。

たぶん刑事になることを望んでいるのだろうと思った。なぜかはわからないが、そんな気がした。

刑事部屋に電話の電子ベルが鳴り響き、一日のスタートを告げた。

運河をへだててすぐ隣りにある水上署から安積のところへ応援を求める電話がきたのは、午前九時過ぎだった。

東京湾に変死体が浮かんだという。

水死体のむごさは、焼死体と一、二を争う。事実、焼死体のほうがずっとましだと言う者は多い。

まず、水でふやけて、皮膚がぶよぶよになっており、うかつにさわると、ずるりとはげ落ちてしまう。

生きていたときの倍の大きさに膨らんでしまって、人相が判別しにくいことが多い。古いものはガスが腹腔（ふっこう）にたまっており、引き上げたとたんに破裂したりする。さらに、月日を経たものは、魚たちに食い荒らされて、ところどころ白骨が露出して、ひどい有様になっているものだ。

そんな思いを察したのか、水上署の刑事は電話のむこうで言った。

「死体は新しくてほとんどいたんでいない。多少、ふやけてるがね……。典型的なヤクザのやり口なんで、検視に付き合ってもらおうと思ってね」

安積は、大橋を行かせた。湾岸分署から、水上署までは、高速湾岸線に入り、東京港トンネルを通れば五分とかからない。

大橋は、四十分ほどで戻って来た。

「やつら、やりやがった」

刑事部屋に入ってくるなり、大橋が言った。

安積は黙って、自分のほうに近づいてくる大橋を見ていた。

「係長。死体は、国光組にウチコミかけたときに見た顔でした。間違いありません」

「その暴力団の組員ということか？」

「そうです。おそらくは、今回の武器輸入の責任者だったのでしょう。ドジ踏んだ上にチンピラたちが警察相手にドンパチやってつかまるという取り返しのつかないヘマをやった――そのために殺されたのでしょう」

安積はうなずいた。

大橋は言った。

「ベイエリア分署の庭先に、死体を投げ込んで行くなんて、ふざけてるじゃありませんか。こんなになめられて、黙っちゃいられませんよ」

普段はまったく感情を表に出さない大橋の興奮ぶりに、安積は唖然（あぜん）とする思いだった。

しかし、彼の言葉は安積を少しばかりいい気分にさせていた。そう。確かに、やつらは、ベイエリア分署の庭先に死体を投げ込んで行ったのだ。

「死体の写真を、埠頭でつかまえたチンピラたちに見せるんだ。築地署に勾留（こうりゅう）されているはずだ。築地署には、私が連絡しておく」

「チョウさん」

須田が言った。「逆効果にゃなりませんかね。やつらびびって口をつぐんじゃうかも……」

「いや」

安積は首を振った。「もし、しゃべらなくても、同じ目に遭うんだということをわからせてやるんだ。何時間かけてもいい。味方は組のほうじゃなくて、警察のほうだと思わせるんだ」

「なるほどね」

須田がうなずいた。「チョウさん。俺も大橋といっしょに行きましょうか？」

「そうしてくれ」

確かに、新米刑事がひとりで顔を出すより、部長刑事が付いていたほうが話が早く進む。

そして、警部補からの一本の電話——これが大切だ。

ふたりが出て行くと、安積は受話器を取って、築地署に電話をした。

担当の刑事が出るまで、二分ほどかかった。

安積は丁寧に事情を説明した。

「資料をくれれば、こっちでやったげますよ」

相手の刑事はぶっきらぼうに言った。

「いや、これはうちの署の案件です。うちの者に尋問をやらせてください」

「まあ、そうまで言うのでしたら……。別に問題はないと思いますがね」

あたりまえだ、殺人の捜査をしているんだ。安積は心のなかでつぶやいた。問題などあるはずがない。

そのまま電話を切ろうとしたが、少しでも須田や大橋が仕事をやりやすいようにしてやるべきだと考えた。

「いっしょに銃弾の下をくぐった仲です。よろしくたのみますよ」

とたんに相手の口調が柔らかくなった。

「あんときは助かりましたよ。おたくのスープラのおかげだ。さすがに、ベイエリア分署のハイウェイパトロールですね」

「そう」

安積は複雑な気分で言った。「うちの看板役者ですからね」

「チョウさんの考えが、ずばり的中ですよ」

須田が帰って来るなり、うれしそうな顔で言った。大橋も気分のよさそうな表情をしている。

珍しいことだ。大橋は表情を閉ざし続けていたのだ。やはり村雨と組ませているのがよくないのだろうか。安積は考えた。

クラブ活動をやっているわけではない。そこまで面倒見てやる必要はないのかもしれない——彼は考え続けた。しかし、気分よく仕事ができれば、それにこしたことはない。そして、わずかな上司の工夫でそうなることが可能ならば、これはやはり上司の……。

「聞いてます？　チョウさん？」

須田がそう言っているのに気づき、安積はうなずいた。

「もちろん、聞いている」

「チンピラたちは、警官相手に銃を撃ったというだけで、とんでもないことをしたと思い始めていたんですよ。事実、とんでもないことですけどね。築地署の連中が入れ替わり立ち替わりでずいぶんいじめたみたいですよ」

「いじめた……？」

「いえ、その……。きびしい尋問をしたらしいんです。つまり、俺たちが行った時点で、やつら、相当にびくついていたんです。銃を撃った四人とトラックを運転していたひとり、合計五人に、個別に会って、水死体の写真を見せてやりました」

須田は、大橋を見てにっこりとうなずいた。大橋も、驚いたことに笑顔を見せた。いい仕事をした喜びを共有し合っているのだ。

思わず、安積も、須田のその一種の儀式に参加したくなった。

須田は続けた。

「それで、彼らがこの先どうなるかをふたりで説明してやったんです。威（おど）す必要なんかなかったですよ。刑務所にいようと、裁判中で未決勾留中であろうと、娑婆（しゃば）に出ようと、写真のやつと同じ目に遭うことになると言ったんです。やつらもよくそういうことを知っているようでしたね」

「当然だろうな……」

「それから、五人は面白いようにしゃべり出しましたね。警察と取り引きするつもりだったんでしょう。つまり、洗いざらいしゃべるから、身の安全を保証してほしいといったような……」

「調書は取ったんだろうな」

「もちろんですよ、チョウさん」

「見せてくれ」

大橋が紙の束を取り出して安積に渡した。

紙の隅には拇印（ぼいん）が押してあった。

安積は素早く目を通して、満足した。ベイエリア分署の看板役者は無理でも、立派な脇役じゃないか。安積は思った。玄人受けするに違いない。

安積はすぐに、本庁の捜査四課に電話をして、事の次第を説明した。すでに、四課には捜査一課から水死体についての知らせが入っており、築地署へ捜査員を出そうとしていたところだと言う。

「調書をすぐに届けますよ」

安積は言って電話を切った。

「僕が行きます」

大橋が言った。まるで配属されたてのように張り切っている。「もともと、僕と村雨さんが担当していた事件ですから」

「いいだろう」

大橋は、書類を紙袋に収め、飛び出すように刑事部屋を出て行った。

「どうしたんでしょうね」

須田が言った。「あいつ、別人みたいにきびきびしてましたね。チョウさん、気づきました?」

「そうだったかな?」

安積は、ふと、もうひとりの新人類刑事のことが気になった。

じきに五時十五分——退庁時間だ。安積の手をわずらわせるような案件は、今のところない。比較的暇な一日だった。

安積は、高輪署の「ライブハウス殺人事件特別捜査本部」へ出かけることにした。

町田課長にそのことを告げ、あとを須田部長刑事にまかせた。

覆面マークIIを桜井にあずけてあるので、彼はタクシーで高輪署まで行った。

捜査本部では、桜井がひとり、ぽつんと電話のまえにすわっていた。

安積は驚いて尋ねた。

「何をやってるんだ、おまえは」

桜井は皮肉な笑いを浮かべてこたえた。

「見てのとおり、電話番をおおせつかりましてね」

安積は、その瞬間に、明日は朝一番でここに来ることを決めていた。

## 8

「それで？　捜査の進み具合は？」

安積は、パイプ椅子を引き寄せてすわり、尋ねた。

桜井は肩をすぼめた。

「別にこれと言って……。ゆうべ説明した以上のことは、まったくわかっていません」

「本部では、まだ、不特定の人物を狙った無差別殺人という考えで動いているのか？」

「ええ。その可能性も捨てていません。むしろ、だんだん、その線が濃くなっていくという感じがしますね」

「だまされちゃいかんぞ」

「だまされる？　誰にです？」

「誰にという訳じゃない。真実を隠そうとするすべてのものに、だ。例えば、それは刑事のやる気のなさだったり、怠慢だったり、警察の権威主義だったりすることもある。すべてが、迷宮への誘いというわけだ」

「迷宮への誘いですか？　詩的ですね」

「そうさ。私は天性の詩人なんだ。知らなかったのか？」

「報告書に詩を書くわけじゃないでしょう？」

「まだ書いたことはないな。ところで、被害者の情夫だが、見つかったのかね」

「まだです。そちらには、あまり捜査員の人数をさけずにいるんですよ。なにせ、無差別殺人を主張する人が多くて、どうしても捜査が分散しちゃうんです」

「そう。それはわかる。捜査はあらゆる可能性を考えて進めなくてはならない」

「係長、本気で言ってるんですか？」

「そう聞こえないかね」

「聞こえませんね」

「おまえさんも、一人前の刑事になったようだ。私は、その情夫が大きな鍵を握っていると思う。殺人事件の鉄則のひとつだ。配偶者、または、それに近い異性の知人を疑え――」

「じゃあ、僕はその線を全力を上げて調べてみることにします」

「どうやって？　ここで電話番をやりながらか？」

桜井は意味ありげに笑った。

こういう笑いかたができるのは、もっと年を取った人間だけだと安積は思っていた。最近の若い連中は、私たちより早くいろいろなことを学ぶらしい――安積はそう感じた。

「そっちのほうは、係長が何とかしてくれるものと思っていたんですがね」

「甘えちゃいかんぞ。俺が、この捜査本部を仕切っていたら、やはり、おまえに電話番をやらせるかもしれない」

「何か手柄でもたてて、みんなをあっと言わせりゃいいんですか？」

「そうじゃない。やるべきことをやるんだ。スタンドプレーをやる刑事が一番嫌われるんだ」

「わからないな……。つまり、僕におとなしく電話番をやってろって意味ですか？」

今度は、安積が意味ありげな笑いを浮かべてやろうかと思った。しかし、桜井ほどうまくできそうにないのでやめることにした。

「あせるな、と言ってるんだよ。そう。おまえの言うとおり、私は、おまえにおおいに動き回ってもらいたい。その点は何とかしよう。だが、電話番を命じられたからには、その役目をちゃんと果たすことだ。わかるか、私の言ってることが」

「ええ……。もちろん」

「それじゃあ、これまでの経過をふたりで、順を追って考えてみようじゃないか」

電話はほとんど鳴らなかった。緊急の用事がない限り、刑事たちは連絡をよこさなかった。

退庁時間が過ぎて、そのまま帰宅する刑事もいた。

八時近くなって、捜査本部に、奥沢警部補が戻ってきた。若い刑事がいっしょだった。

高輪署の刑事捜査課係長は、驚いて言った。

「おや、安積さん。陣中見舞かね？」

「まさか……。私は、見舞われる側の人間でしてね」

「やっぱり、手を貸してくれるんだね」

「どうやら、うちの代表選手が、電話番くらいの役にしか立っていないようなんでね……」

初老の警部補は溜め息をついた。悲しげな表情だった。

「安積さんが怒るのは無理ないがね……。今日はどうしても人員の都合がつかなかったんだよ」

「曖昧な言いかたですね。私が本庁の何とか言う巡査部長とやり合ったことがこういう結果を生んだのでなければいいと思っていますがね」

「荻野さんのことかね。そういうことがないように、私が眼を光らせているつもりなんだがね」

奥沢警部補は、ほんの一瞬、鋭い眼つきを見せた。

安積は、この人もやはり刑事なのだと思った。

奥沢警部補はいかにも人の好さそうな人物に見える。表情は常におだやかだ。もうじき、警部補の階級で定年を迎えるのだが、若いころから、そうであったはずはない。

よくテレビドラマの刑事ものでは、温情派の刑事が登場する。乱暴に被疑者を取り調べる血気盛んな若い刑事を、まあまあ、となだめながら、身の上話などを始める刑事だ。

実際にはそんな刑事はいないことを安積は知っている。温情派などではとてもつとまらない仕事なのだ。

あの須田ですら、被疑者をまえにすると、頑固なブルドッグのようになる。

本物の刑事たちは、常に多忙さと睡眠不足にいら立ち、犯罪者たちをののしり続けている。靴の底を減らして歩き回り、いつもくたびれ果てて見える。

酒のせいか日焼けのせいか、肌が赤茶けてきて、眼は赤くどんよりとしている。その眼が時折、おそろしく鋭く光るのだ。

見た感じは、暴力団の連中と変わらなくなってくる。市民には煙たがられ、近所づきあいもあまりなくなる。それが刑事の姿なのだ。安積は、他人から見れば、自分もきっとそうなのだと思った。

「そういうことなら安心ですが……」

安積は言った。「特に用がなければ、われわれはそろそろ引き上げたいのですがね」

「かまわんとも。ご苦労さん」

安積は、桜井に無言でうなずきかけた。桜井はすぐに席を立った。

部屋を出ようとすると、奥沢警部補が安積の背に声をかけた。

「……それで、安積さんは、この事件をどう思うね？」

安積はゆっくりと振り返った。

「愉快犯的な無差別殺人という可能性は無視できません。ですが、私は、被害者の情夫というのがどうしても気になりますね。被害者が、生前、その情夫の素性を隠していたというのは不自然でしょう」

奥沢は、高輪署の若い刑事と顔を見合わせた。

「どうかしましたか？」

「いやね。ここに来る途中、こいつと同じことを話してたもんで……」

「誰だってそう思いますよ。まともな刑事ならね。本音を言っちまいましょうか？　無差別殺人ですって？　冗談じゃない」

安積は捜査本部を後にした。

ふたりは高輪署の駐車場へ行き、マークIIに乗り込んだ。桜井がハンドルを握っている。

「これから何か予定があるか？」

安積は桜井に尋ねた。

「いえ……。別に……」

「ちょっと、私に付き合ってくれないか？」

「どこへ行くんです？」

「ちょっと過激な音楽が聴きたくなってな……」

「へえ……」

「港南四丁目だ。『エチュード』まで行こうじゃないか」

「やっぱり仕事ですか」

「うれしそうだな。そんなに仕事熱心とは思わなかったぞ」

「考えてみてくださいよ。今日は一日中電話のまえにすわっていたんです」

明日の捜査会議には、絶対に出席しなければならない——安積は、もう一度そう思っていた。


客は四分から五分の入りだった。

ステージでは、シンセサイザーを並べた五人グループが演奏をしている。

安積が若いころは『テクノポップ』などと呼ばれた部類に属する音楽だった。

あらかじめプログラムしたドラムマシーンに合わせて、多種多様のシンセサイザーが重厚なオーケストレーションを作り上げている。

「あんまり過激なバンドじゃなかったようですね」

桜井が言った。

「ああ。だが、ボリュームのでかさは充分だな」

安積は、被害者がすわっていた席を選んだ。客の多くは、やはりティーンエイジャーのようだった。ステージ近くの席はほぼ埋まっている。

安積たちの周囲に、客の姿はほとんどなかった。

安積は、ステージを見つめていた。音楽などとまったく縁のない生活に入って、いったいどれくらい経ったろう。彼は、ぼんやりと考え始めていた。

学生時代は、自分も人並みにレコードなどを買ってみたり、コンサートに出かけたりもしたものだった。音楽が生活必需品のような気すらしていた。あれは、ほんの一時期の錯覚のようなものなのだろうか？　今は、音楽が好きだったという事実すら、夢でしかなかったような気がする。

安積は、そっと桜井を見た。こいつは、今、ステージを楽しんでいるのだろうか？　少なくとも、私よりはその権利があるような気がするな……。若いというだけで……。

だが、桜井は、ステージには集中していないように見えた。周囲の様子を観察しているのだ。

席に着いて、しばらくすると、店の従業員がオーダーを取りに来た。安積はノンアルコールのビールを、桜井はトニックウォーターを注文した。

従業員は、安積たちを覚えているようだった。奥のカウンターで、仲間たちと何やら話し合っている様子だ。

休憩時間になり、店内にＢＧＭが流れ始めた。安積がまったく知らない曲だった。最近のヒットナンバーなのだろうと安積は思った。音量は抑えられていて、不自由なく会話ができた。

「あの……」

安積は声をかけられて、思わず顔を上げた。

雇われ店長の神田広志が立っていた。神田はおずおずと言った。「何かご用でしょうか？」

安積は、習慣で神田をさっと観察していた。

表情はこわばっていないか？　恐怖にかられていると唇や目の周囲の色に出るものだ。肩に異常な力が入っていないか？　手が不自然に動き過ぎないか？

神田に対して、何かの疑いを持っているわけではない。まったく反射的な行動に過ぎなかった。しかし、安積の眼つきは神田を落ち着かなくさせたようだった。

「いえ……」

安積は無表情に言った。「ご心配なく。今夜は、客として来ているんです」

「刑事さんがですか」

言ってから神田は、そっと周囲を見た。それから、やや声を落とした。「信じられませんね」

なるほど、どこでも刑事は厄介者か、と安積は思った。

「事件があったのはおとついの夜です。もう営業をしてるのですか？」

「ちゃんときのう、お祓（はら）いをしてもらいましたよ。本社からの命令で休業するわけにはいかないんです。高輪署からは営業をしばらく見合わせるようにと言われたんですが、何とかたのみ込んだんですよ。警察だって、休業の間の損害を賠償してくれるわけじゃないんでしょう?」

「しかし、被害者は毒物で死んだのだからね……」

「いい迷惑ですよ、そういう話は。きのうは一日中、警察の人に店のなかをひっかき回されたんです。結局、毒なんてどこからも出て来ませんでしたよ」

「あなただって、また店内で人が死ぬのはありがたくないでしょう」

安積は、再び神田をさっと観察した。神田はそれだけで、たちまちおとなしくなった。

「そりゃあね……」

安積は、溜め息をついてゆっくりと言った。

「私たちだって、何もこちらに迷惑をかけたくてやっているんじゃありません。第二、第三の犯罪は未然に防がなくてはならないのです。わかっていただけますね」

「そう……。わかりますよ……」

店長は、もう一度店内を見回した。「ごゆっくりどうぞ」

彼はまったく心を込めずにそう言うと、カウンターのほうへ去って行った。

「毒は、被害者が飲んでいた飲み物のなかだけに入っていたんです」

桜井が、店長の話を補うように言った。「他の場所からは、いっさい発見されませんでした」

「そいつは知ってる。報告書で読んだよ。誰かうちの署の鑑識が調べたんだったな」

「そうです」

「どう思う？」

安積は、眼だけ動かして客たちの動きを追いながら尋ねた。

「そうですね……」

桜井は必死に考えている様子だった。「まず、飲み物が来てから青酸カリを入れるのは難しいですね。被害者がよそ見をしているうちに毒を入れてかきまぜる——そんなこと考えられないですよ」

「被害者がトイレに立ったときならどうだ」

「もしそうだとしても、うまくやれたとは思えませんね。他人が、トイレに立った客の席に近づいて、何かごそごそやっていたら、店の者が必ず気づくはずです。こういう店では、特に、そういったことに気を配るように、従業員が注意を受けているはずです。盗難事件の防止のために……」

「そう。もちろん知ってるさ」

安積はいろいろな場面を想像した。「この席のそばを、ほんの一瞬、通り過ぎるだけなら、店の者も気がつかないんじゃないのかな？」

「一瞬通り過ぎるだけ？」

「犯人は、被害者と同じ飲み物を注文するわけだ。そして、自分の飲み物に青酸カリを入れておいて、被害者がトイレに行った隙に、さっと取り替える……。犯人は、例えば、席を移るようなふりをすればいいんだ」

「いろいろな偶然が重ならないと、そううまくはいきませんね」

桜井はこの説にも気乗りがしないようだった。

「まず、被害者が一度、席を外さなければなりません。一度トイレに立ったと、従業員が証言していますね。でも同じ従業員が、その席に近づいた者には気づかなかったと言っています。飲み物をすり替えるにしても、やはり、立ち上がったら店の従業員は、その人物に気づくでしょう。何か用かと思って……。その眼を逃れないと、飲み物をすり替えることはできないでしょう。つまり、たまたま、被害者が席を立ち、たまたまそのとき、従業員がまったく店内を見ていなかったという偶然が重ならないといけないわけです」

「あり得んことじゃない。それが起こったのかもしれん」

「係長の言っていることには矛盾があります」

「そうかもしれんな。私の人生は矛盾だらけだった」

「いいですか、聞いてください。係長のお話だと犯人は、かなり計画的に犯行におよんだことになります」

「そうだな……」

「計画的な犯罪を実行しようという人間が、そんな偶然が重なるようなチャンスを待ち続けるでしょうか？」

「なるほどな……」

安積は、ノンアルコール・ビールを飲み干した。本物のビールが欲しくなった。

彼は言った。

「自殺したのかもしれんな」

「自殺ですって、まさか……。でも、どうして……」

「そう……。部下よりも頭の回転が鈍ってきていることを自覚したに違いない。そんなとき、自殺しちまいたくなるんだよ」

ステージが始まり、しばらく安積はすさまじいボリュームのなかで思考を巡らせていたが、やがて諦めたように頭を振り、桜井の肩を叩いた。

桜井はすぐに安積の言おうとしていることを悟った。ふたりは、ほぼ同時に立ち上がった。

試しに安積は、振り返ってみた。確かに、桜井の言うとおり、従業員が彼らのほうを向いていた。店の者は、演奏中でも、客が動けば、そちらに眼が行くように教育されているのだ。

なるほどな。安積は思った。そして、そのとき、何か気になるのを感じた。何か割り切れないもやもやとしたものだ。

これが形にならないと、他人を説得することはできない。そして、刑事の仕事というのは、詮（つ）まるところ、他人を説得することなのかもしれない。

被疑者を説得し、参考人を説得する。そして情報を集める。次には、その情報を持って地方裁判所で担当官を説得して逮捕状をもらう。今度は、起訴のために、検事に対する説得材料を集める。起訴に持ち込んで、ようやく事件は刑事の手を離れるのだ。

何がひっかかっているのだろう。安積は考え続けていた。

桜井がマークIIを駆り、湾岸分署へ戻った。

車を降りると、かすかに潮のかおりがした。今夜は油のにおいではなく、潮のかおりだった。あの夜と同じく――。

そのとき、安積はすっきりとしない原因に思い当たった。

店の従業員は、店内の客に気を配るように教育されている。事実、今夜はそういう様子が見られた。

しかし、事件の夜、マスターの神田と、最初に被害者に駆け寄った中島という店員は、口をそろえて、言った。

「ステージに気を取られていて、彼女が倒れるまで、変わったことには気づかなかった」と。

それが、何を意味しているのか安積にはわからない。しかし、疑問が増えたことだけは確かだった。

## 9

駐車場から、そのまま桜井を帰らせ、安積は、階段を上った。

刑事部屋（デカベヤ）に明かりが点っていた。須田が、部屋の隅で、コンピューターのキーボードを叩いている。

「新しいゲームでも手に入れたのか?」

須田は驚いて顔を上げた。

「チョウさん。戻ってきたんですか?」

「ああ。楽しみの邪魔をして申し訳なかったな」

「楽しみ? ああ、これのことですか」

須田は、おかしそうに笑った。「やだな、チョウさん。ゲームなんてやってませんよ。こいつはオンライン専用の端末機ですからね。チョウさんの疑問をひとつ解いてやろうと思ってたんですよ」

「そいつはありがたいな。だが、いったい何の話をしているんだ?」

「あれ? 忘れちまったんですか? ほら、ニシダ建設の件ですよ」

安積はうなずいた。

「もちろん、忘れてなどいない。それで、何かわかったのか?」

「灯台もと暗し、ですよ、チョウさん」

「ほう?」

「チョウさんの机の上にある紙袋――あれのなかには、ライブハウス殺人事件の資料が入っているんでしょう?」

「そうだ」

「その資料には、あの事件のとき店にいた客のリストも含まれているはずですよね」

「ある」

「そう。これと同じリストが」

須田は、コンピューターのディスプレイを指差した。安積は、歩み寄って画面をのぞき込んだ。

須田が自慢げに言った。

「チョウさんが書類を袋から出して、ざっと眼を通せば、その場で疑問は解決したはずですよ」

「客のなかで、ニシダ建設に勤めている者がいるということか」

須田はにこやかに笑い、モンキーバナナのような指で、ディスプレイの一か所を差し示した。

「久保田泉美（二十七歳）　ニシダ建設勤務」と表示されており、その下の行に、住所と電話番号が記されてあった。

安積は、その一点をしばらく凝視していた。

「ね、チョウさん。ニシダ建設って名前は、このリストで眼にしていたんですよ」

須田は、安積の顔を見上げ、ふと顔を曇らせた。明らかに困惑の表情になっていく。

安積は、あいかわらずひどくむずかしい顔でディスプレイを見つめている。

「チョウさん……。こいつがどうかしたんですか」

「これ、偶然だと思うか？」

「そうでしょう。ニシダ建設ってのは、大きな会社だもん。そりゃね、一晩のうちに、ふたつの殺人事件が東京都内で起こって、その両方の資料からニシダ建設って名前が出てきたんです。多少ひっかかりますがね……。でもね、チョウさん。その片方は確かに事件の直接の被害者だけど、もう片方は、ただ、現場の店に客として来ていたというだけなんですよ」

「そう……。確かに、ただの客に過ぎんのかもしれん。だがな、その店というのは、客の大半が学生で、しかもティーンエイジャーなんだ」

須田が、安積と同じくむずかしい顔になった。

「気になるんでしたら、僕と黒木でちょっと調べてみましょうか」

「そうだな……。いや、この件は桜井と私でやろう。これから私は席を外すことが多くなるかもしれん。おまえが人のやりくりなんかをやってくれるとありがたいんだが」

「俺がですか？　そういうことなら、村雨のほうが向いてますよ。あいつなら、そつなくやってのけるでしょう」

安積は心のなかで溜め息をついた。

「おい。おまえだって村雨と同じ部長刑事なんだぞ」

「まあね。でも、俺はそういうことは苦手なんですよ。特に警察という組織のなかではね」

「どういうことだ？」

須田は、上目づかいに一度だけ安積の顔を見て、言いにくそうにしゃべり始めた。

「何でもそうですけどね、物事には善い面と悪い面があるでしょう。警察ってところもそうなんですよ。善い面だって確かにあるけれど、悪い面があって、特にそっちのほうが強調されますよね」

「しかたがないさ。警察てのは嫌われ者なんだ」

「そう。言ってみれば、ヤクザといっしょで、人々をこわがらせるのが仕事みたいなもんですからね。……で、多くの警察も、この警察の悪い面を否定するんじゃなく、受け容れちまってるんです。そういったことを利用していると言ってもいいですよね。そういう警官のほうが仕事もばりばりやっているように見えるし、出世もしやすいというわけです」

「村雨はそういうタイプだと言いたいのか」

「はっきり言ってそうですね。だから、あいつは警察の指揮官タイプなんです。そういう点で、チョウさんと反が合わないんでしょうけどね……」

「おい……」

「俺はね、どうしても善い面だけを見ようとしちまうんです。自分が、世間で言われるような嫌な組織に属してるとは思いたくないんです。警察の本来の役割は公安であって、刑事なんてのは、いわば警察のサービス業務だ――警察の上層部はそういうことを平気で言いますよね。でも、俺、公安なんて嫌いなんですよ。やっぱり、刑事になりたかったんです」

「私と村雨の反が合わないってのは、どういうことだ？」

「見ていればわかります。他の連中は気づいちゃいませんよ。チョウさんはうまくやってますからね。でも、俺にはわかるんです。チョウさんは、村雨とは違ったタイプなんです。まあ、俺とも違いますけどね……。チョウさんは、警察の善い面と邪悪な面の両方を知り尽くしてます。その上で、善い面を選んだ。珍しい警官ですよ」

「買いかぶるなよ。そんな立派なモンじゃない。仕事と私生活の折り合いもつけられずに、女房に逃げられた中年刑事――それが私だ」

「これ、差別じゃないから誤解しないで聞いてください。男にとって仕事が何であるか、遊びが何であるか――そういうことは、女には絶対に理解できないんです。絶対にですよ。そして、男にも女の気持ちは絶対に理解できません。男は社会的な生き物なんです。どんな場合でも、女は社会的には生きられないんです。自立する女なんて言葉がありましたね。自立はできますよ。でも、社会生活はできないんです。女は社会に出ても、たいていひとりで仕事をするようになりますよ。女は組織のなかにいても、まず自分があるんです。でも、男は、極端に言えば、自分よりまず組織というか社会というか、まあそういった共同体のほうが大切なんです」

「まあ、そういうことも言えるかもしれない」

「男と女は、互いに根本的なところで理解できない。なのに、それぞれのやりかたで相手を求める。だから、いつまでたっても、痴情のからむ犯罪が減らないんです」

安積は、須田が部長刑事になれた理由が初めてわかったような気がした。彼は、見た目よりはるかに多くのことを考えているのだ。

彼は、目立たぬところで、他人が見ていないものをじっと観察し、そして考え続ける。確かにそういうタイプの刑事も必要だ。

「おまえは、哲学家だな、須田」

「とんでもないですよ」

「そこでだ、ちょっと知恵を貸してくれると助かるんだがな」

「ライブハウスの一件ですか？」

「そうだ。実は、今夜、桜井と現場の店へ行ってきたんだ。『エチュード』という名だ。そこでライブ演奏を聴いてきた」

「驚いたな。もう営業してるんですか？」

「あの業界も厳しいらしいな。店のなかを想像してみてくれ。私は、被害者がいた席にすわった」

「あまりいい気分じゃありませんね……」

「そう。だが仕方がない。演奏中に私たちは席を立った。そして、後ろを向いたら、店の従業員と目が合った。つまり、店員が私たちの動きに注意を向けていたんだ」

「当然でしょうね。それが、仕事でしょうから……」

「だが、あの事件のときは、どうやらそうではなかったようだ。被害者が倒れるまで、誰もあの席へは注意を向けていなかった。何か気づいたことはないかと尋ねても、誰も何も気づかなかったというこたえが返ってくるだけだ」

「どういうこってす？　何を気にしてるんですか？」

「つまり、被害者は毒を飲んで死んだということが問題なのさ。殺人だとしたら、誰かがいつか、彼女の席に近づき、飲み物のグラスのなかに青酸カリを入れなければならない」

「そうか。犯人が、席を立ってそういうことをしていたら、必ず店の者が気づくはずだというわけですね」

「どうやらそういうことになるらしい。そして、飲み物に毒を入れるとしたら、被害者はその場にいてはいけないんだ。どうやったって気づかれるだろうからな。つまり、被害者もおらず、店員もまったく注意を向けないという偶然が重ならなければ、この犯行は成立しない。だがな、桜井のやつに言われたよ。毒殺しようなどというのは計画的犯行だ。そして、そういう犯罪を実行する人間は、偶然にたよったりはしない、とな。そいつは事実なんだ」

「俺、報告書も読んでいないんで、よく事情がわからないんですが……」

「かまわんさ。感じたことを言ってみてくれ」

「まず、考えられるのは、店員の誰かが嘘を言ってるってことですね。犯人を見ているんだけど、何も見ていないと証言しているということです。そして、もうひとつは、被害者の席では犯行は行なわれなかったということです」

「なるほど……」

「つまり、被害者のところへ飲み物が運ばれてきたときには、すでに毒が入っていた……」

「おまえが言った、ふたつのケースには、共通したひとつの条件が必要だ」

「そう。犯人と店の従業員が組んでいるか、あるいは従業員が犯人なのか……。いずれにしろ、従業員の協力なしでは、この犯行は難しいですね。第一、そういう事情でもなければ、あんなに人目の多い店で殺人なんてやるはずがないと思いませんか」

「おまえの言うことは正しいように思える。だが、そこで問題がひとつある。被害者と何らかのつながりのある従業員などひとりもいないということだ。店にいた客もそうだ」

「誰かが嘘を言っているんでしょう」

「いや。これは裏が取れてるはずだ。殺さなければならないほどの関係があるのなら、捜査の網にひっかからないはずがないんだ。そうだろう」

「ええ……」

須田は、困り果てたような表情でうなずいた。

「そうですね」

須田は、しばらく考え込んでから、ふと顔を上げた。

「チョウさん。それと、ニシダ建設とどういう関係があるんです？」

「わかるもんか。おまえの言うとおり、ただの偶然なのかもしれん。だが、私は、ささいなことでも見落としたくはない」

「当然ですよ、チョウさん」

　安積は時計を見た。十時を過ぎていた。

「さ、引き上げようか？」

「そうですね」

　ふと安積は気づいて言った。

「おまえ、まだ独身だったな」

「ええ、そうです」

「おまえが結婚しないことと、さっきのおまえの男女論は関係あるのか？」

「はあ？」

「つまり、おまえは女性不信で、独身主義者だとか、まあ、そういったことなのかと訊いてるんだ」

「やだなあ、チョウさん。そんなんじゃないですよ。俺が結婚しない理由はただひとつ――もてないからですよ」

　理由はもうひとつあるはずだと安積は思った。忙し過ぎるのだ。女は常に自分のところへやってくる男を愛するものだ。仕事を放り出しても自分のところへ駆けつける相手を信じる。理屈はどうあれ、男のそういう態度がうれしいのだ。

しかし、須田をはじめとする刑事は、女と会う時間などほとんど持てない。電話すらかけられない。

どんなに忙しくても、電話する時間くらいあるだろうというのが、たいていの女の言い分だ。しかし、刑事が公務中に私用電話をかけることなど考えられない。電話は、刑事の有効な武器のひとつだ。

家へ帰れば、ただ泥のように眠るだけだ。

恋愛の初期段階では、女もそういうことを理解しようとする。仕事に駆け回る男の姿をたのもしく思ったりもする。しかし、次第に女の本性があらわれてくる。放っておかれることに女は耐えられない。

須田のことにかこつけて、いつしか、自分たち夫婦のことを考えていることに安積は気づいた。

彼は、あわててその考えを頭から追い払った。

刑事部屋の明かりを須田が消そうとしたとき、鉄板を上ってくるカンカンという靴音が聞こえた。

須田は、安積の顔を見た。

刑事部屋に現れたのは大橋だった。彼は、ふたりに「どうも」と言った。

「どこへ行ってたんだ?」

安積は尋ねた。

「例の件ですよ。ほら、埠頭の発砲事件と、水死体の――」

大橋はくたびれ果てたという顔でこたえた。

安積は驚いた。

「今まで本庁にいたというのか？」

「そうですよ」

「いったい何をやってたんだ」

「何をやってたか、じゃなく、何をやらされていたか、と訊いてほしいですね」

安積と須田は、顔を見合わせた。

「それで？　何をやらされていたんだ？」

「報告書をはじめとして、いろいろな書類を作らされてたんですよ。逮捕状請求書に、疎明資料……。もう紙きれを見るのもいやですね。それも、その資料は一課だ、と言われ、捜一へ行き、それは四課だと言われ、捜四へ行き――そんな往復を何度もやらされましたよ」

「何でおまえがそんなことをやらなきゃならないんだ？」

「さあね。むこうの担当の人は、所轄が持ち込んだ案件なんだから、所轄が書類をそろえるのが当然だと言うんですよ」

「そのまま帰ってくればよかったんだ。チンピラどもの供述書だけ置いてな」

「僕だってそうしようと思いましたよ。でも係長、相手は警部補だったんですよ。僕はただの巡査です。命令されたら何も言えんでしょう」

「まあ……。そういうことなのかもしれないな」

「むこうが言うには、朝一番で裁判所の事務官に提出して、逮捕状(オフダ)もらうから、どうしても今夜中に書類を作らなければだめだと……。まあ、言われるとおりにやりましたよ。そうしたら、書式がなってないだの、表現が曖昧だのいろいろ注文をつけられましてね。何度も作り直させられました」

「本庁の連中ってのは、書類だけは作り慣れてますからね」

須田が言った。「知ってるでしょう、チョウさん。本庁の刑事(デカ)は、現場にいる時間より書類作ってる時間のほうが長いんですよ」

安積は両方の目頭をこすった。そのあたりが熱っぽくうずく感じだった。疲れていた。われわれの敵はいったい誰なのだ。彼は思った。

「よく放り出さずにやってのけたな」

「やるしかないでしょう。必死でしたよ。怒るのも忘れてました。ここに戻って来る途中で、猛烈に腹が立ってきましたけどね」

「それで、逮捕状が取れたら、どうするというんだ?」

「捜査一課と捜査四課、そして、所轄の新宿署の応援をたのんで、ウチコミをかけるそうですよ」

「ベイエリア分署は、また蚊帳の外か?」

「若いの、いい勉強になったな、と親しげに言ってくれましたよ。くそっ！」

大橋の怒りが再燃したようだ。「うちが持ち込んだ案件ですよ。こんなの、ありですか？」

「喜べよ」

須田が悲しげに言った。「仕事が減ったんだ」

大橋は、鋭く須田の顔を見た。しかし、その表情に気づいて、弱々しく眼をそらした。

安積は、疲れを押して言った。

「一杯やる価値がある」

彼は、ふたりの部下を見た。「誰が何と言おうと、今回の一件は、ベイエリア分署の──大橋の手柄だ。さ、飲みに行くぞ」

大橋は、それ以上、何も言わなかった。

## *10*

九時から高輪署の捜査本部で始まる捜査会議に、安積と桜井がそろって出席した。

「お、電話番の坊やは、けさは保護者付きか」

刑事のひとりが言った。

安積は、その刑事の一言で、その日の態度を決めることにした。彼は、軽口をたたいた刑事を鋭く睨んだ。

三十歳前後のやせた男だった。高輪署の刑事らしい。奥沢係長と並んですわっている。

その男は安積の視線に気づいた。彼は、睨み返そうとして失敗し、目を伏せた。キャリアが違う。ヤクザ風に言えば貫目が違うのだ。

奥沢係長が咳払いをした。

「つまらんことを言うんじゃない」

彼は自分の部下を叱った。

安積はようやく、その刑事から眼をそらし、捜査資料を見た。前日までの捜査経過が書かれていた。

桜井が言ったとおり、無差別殺人と、怨恨・痴情その他の目的による殺人という二つの方向で捜査が進められていた。

いずれも収穫はなし。

客のリスト、従業員の名簿、それらをもとに、あの夜『エチュード』にいた者全員の犯罪歴が洗い出されていた。

客は全部で百三十二人。そのうち百二人が学生だった。未成年者八十九人。補導歴のある者が十三人いた。

トルエンやシンナー常用者が五名、あとは暴走族や右翼の使い走りで、傷害事件により補導された者だった。

成人の犯罪歴はなかった。

捜査本部の刑事たちは、この補導歴のある少年たちのところへ出向いて尋問してきたのだった。

わずかな可能性があれば調べるのが刑事のつとめだ。しかし、安積はあまりに労力と時間の無駄という気がした。

探すべきものは他にあるはずだと思った。

補導歴のある少年たちを訪ねていった刑事たちがまず、ざっと経過を報告した。要するに連中はくだらない子供たちで何をやってもおかしくない、というような意味のことを、もっともらしく述べた。

議論は、その十三人の少年に尾行や監視をつけるべきかという方向に流れつつあった。

なるほど、これなら黙って電話番をしていたほうがましかな――安積は、じっと書類を読むふりをしながらそう思っていた。

昨夜は、須田、大橋と十二時過ぎまで、早いピッチでウイスキーをあおり続けたのだった。そのせいでやたらに喉が渇き、ぬるくてうすい茶を何杯もすすった。

被害者・藤井幸子の身もとを調査しているふたり組の刑事の報告になって、安積は少しだけ期待した。

藤井幸子の情夫のことがわかったかもしれないと考えたのだ。しかし、その期待は裏切られた。

藤井幸子は岡山県の生まれだった。高校を卒業し、演劇を志して上京。中小の劇団で研究生をやっていたが、そのうち、アルバイトで始めた夜の商売が本業となった。

これは、たいへん多いケースであることを安積は知っていた。安酒場のホステスに尋ねると、十人のうち五、六人は演劇をやっているとこたえる。

両親は健在だった。父親は、演劇をやるために上京するなどという娘を許さず、勘当にしたと言っているらしい。

しかし、両親はそろって上京し、故郷で葬式を出したいと、亡骸を引き取って行ったという。

この両親を尋問した刑事が一番つらかったろうと安積は思った。非情といわれる刑事でも、被害者の肉親の涙には弱い。

両親から、被害者に関することはほとんど聞き出せていなかった。父親が十七年まえに勘当を言いわたして以来、被害者は、故郷へ帰っていなかったということだった。情夫の話など、両親は何も知らなかったという。

老夫婦の心のなかでは、被害者の年齢は、十八歳で止まったままだったのかもしれない。安積はふと想像して、思わず苦い顔をした。悲しみをごまかすひとつの手だった。

岡山か……。安積は思った。桜井と出張したいと言っても、課長は認めないに違いない。理由が希薄すぎる。こんなことでいちいち地方出張していたら、捜査費用など瞬く間に底をついてしまう。

被害者がつとめていた『ラビリンス』というクラブに聞き込みに行った刑事はホステスから、たいへん興味深いことを聞き出していた。

安積は、初めて書類から顔を上げ、報告者の顔を見た。

背の低い人相の貧弱な刑事が、言った。

「被害者は、親しかったそのホステスに、一年ほどまえ、ある有名人と付き合い始めたことをほのめかしています。まあ、有名人という言いかたは漠然としていますが、それ以上のことは、そのホステスも知りませんでした。何でも、テレビに出る類の有名人だったようですが、タレントだったのかどうかは、はっきりしていません」

「被害者の自宅周辺で聞き込みした結果はどうなんですか」

司会進行をしていた高輪署の小野崎部長刑事が他の刑事に尋ねた。「有名人なら、近所の人が気づいている可能性があるでしょう？　マンションの管理人とか……」

いいぞ。安積は思った。おまえはいい刑事だ。

「いや」

本庁捜査一課の荻野部長刑事が、たったひとことで安積の期待を打ち崩してしまった。

「おそらく、用心していたのだろうな。被害者の部屋には、男出入りはなかったらしい。外で会っていたんだろう」

「その有名人と付き合い始めたのは、一年ほどまえだと言いましたね」

安積が発言した。

「そうです」

背の低い刑事がうなずく。

「その付き合いは、ずっと続いていたんでしょうか?」

「そこなんですよ。俺は続いていたと思うんです。被害者には、確かに男がいたらしいんだが、その素性を周囲の人間にひたすら、隠していたといいました。そして、今、聞いたところによると、男も用心して、被害者の部屋には行かず、外で会っていたというじゃないですか。そのことは、被害者の情夫というのは、顔を世間に知られている人だってことを物語ってるんじゃないですか」

「被害者が見栄(みえ)を張ってただけじゃないの?」

誰かが言った。「本当は、そんな男、いなかったりして……」

「私は、その男が確かに存在するものとして、捜査を進めるべきだと思う」

安積は、話をまぜっかえそうとした刑事のほうを向いて、ぴしゃりと言った。

「それじゃあ、あんたは……」

本庁の捜査一課から来ている警部補が挑むような眼で言った。「この事件は、怨恨や痴情のもつれといった原因による、計画的なもの、と考えているわけだね」

「そうです」

安積は、その警部補の名前を知らなかった。安積より五歳ほど若そうだった。出世しそうなタイプだなと安積は思った。そのためには、刑事部にいてはならない。こういう男は、いずれ、公安部、警備部、防犯部、あるいは、警務部といった出世コースに乗るのだろうと思った。

挑戦的な眼差(まなざ)しは、特に自分だけに向けられるものなのか、それとも、単にこの男の癖なのか、安積にはわからなかった。

「その根拠は？」

「以前、言ったことがありますが、被害者は、あの『エチュード』という店にふさわしい客ではありません。その点がまず気になりましてね。そして、被害者は、情夫の素性を周囲の人間にひた隠しにしていた――その点もひっかかります。そして、この殺人は、店の従業員の協力なしでは――あるいは、店の従業員が犯人でなければ成立しないという気がしてきました。つまり、計画的なものである可能性が大きいということです」

「店の従業員の協力……？」

安積はうなずき、昨夜、須田と話し合った内容を説明した。

「だがね」

相手の警部補は言った。「店の従業員のなかにも客のなかにも、被害者と関係のある人間はひとりもいないんだよ」

「その点が問題なのはよくわかっています。だが、われわれは何かを見落としているのかもしれない」

「そうは考えたくないね。被害者と、現場にいた人間との関連性については、まず第一に、そして念入りに捜査したのだからな」

「誰かが、巧妙に嘘をつき、周到な計画にもとづいて行動している場合、われわれが出し抜かれることだってあり得るのですよ」

本庁の警部補は苦笑した。

「どんな計画的な犯罪も、多くの場合検挙される。なぜだと思うね、あんた？　われわれはプロで、犯罪者はたいていの場合、アマチュアだからさ。あんたは、推理小説か何かの読み過ぎのようだね」

「読書の時間が欲しいのはやまやまですが」

安積は表情をまったく変えずに言った。「残念ながら、私たちにはそんな暇はありません」

本庁の警部補は、しばらく間を置いて言った。

「確か、安積くんと言ったね。ベイエリア分署の――。失礼した。失言だったよ。取り消そう」

彼は、司会の小野崎部長刑事に向かって言った。

「どうだろう。今のままでは、捜査の方向がどうしても分散してしまう。いっそのこと、ふたつの班に分けてしまっては――。片方の班は、無差別殺人という方向で調べる。もう片方の班は、怨恨、痴情のもつれ等による計画的殺人という線に捜査を絞る」

「そうだね……」

高輪署の奥沢係長が、やんわりと言った。「確かにそういう捜査ができればいいんだが、とにかく、人数が問題じゃないかね。ふたつの班に分けるということは、それだけ、人員が手薄になるってことだからね……」

「各署で、もうひとり捜査員を都合すれば、問題はないと思う。そして、いずれ、どちらかの方向で確証が見つかりそうになったら、班を解散して、全員でそちらの線の捜査に当たればいいんだ」

「ま……。そういうことであれば……」

「無差別殺人の一班として、私が責任者をつとめよう。計画殺人のほうを二班として、安積警部補、あんたが責任を持ってくれないか」

「いえ、私は……」

「今のところ、あんたが計画的殺人を最も強く主張しているようだ。あんたが班長をやるべきだと思うが……」

安積は、もはや逃げられないと悟った。彼は苦い表情でうなずいた。

「いいでしょう」

この警部補は、安積に挑戦してきたのだ。安積は、その理由について、あれこれ思いを巡らせていた。

生まれつき対抗意識の強い人間というのがいる。この警部補はそのタイプに当てはまるような気がした。自分と異なった意見があり、その意見に一応の説得力があったことに、闘志を燃やしたのだろう。そこで勝負に出たというわけだ。

おそらく、勝負にこだわる性格なのだろう。そうやって、ライバルを作っては蹴落としてきたに違いない。そして、そうした人生をこれからも続けていくに違いない。

いい迷惑だ、と安積は思った。これで、この捜査本部から手を引けなくなってしまった。そればかりか、もうひとり、捜査員を都合しろと言う。思わず溜め息が出た。

班は、刑事たちの考えにもとづいて分けられた。つまり、本庁の警部補のほうに付くか、安積のほうに付くかは、刑事たちの自由だった。

捜査本部は、高輪署三名、本庁三名、湾岸分署二名の計八名で構成されていた。

高輪署の奥沢係長、小野崎部長刑事、そして桜井が安積のほうに付いた。まず、最初の勝負は五分と五分だった。

会議が終わり、第一班の連中は、さっと部屋を出て行った。安積は、その姿を、いかにも敏腕刑事の集団だ、という思いで眺めていた。

奥沢係長が、あの本庁の警部補は、相楽啓（さがらけい）という名で、年齢は三十八歳だと教えてくれた。奥沢警部補というベテランが自分のほうに付いてくれたことを、安積はうれしく思い、また同時に、たのもしく感じていた。

三人の班員が、それとなく安積のほうをうかがっている。指示を待っているのだ。

安積は、それを無視して、まず湾岸分署の刑事捜査課に電話した。村雨が出た。

「どうだ、そっちの様子は？」

「本庁の捜査四課から大橋に電話がありましてね。検察へ付き合えとか何とか……。あれ、どういうこってす?」

「帰ってから詳しく話す。それで大橋は出かけたのか?」

「まだここにいますがね……。とにかく、俺が事情を知らないことには……」

「いいんだ」

安積は村雨をさえぎった。「すぐに行かせてやれ。私が知っている」

村雨は、受話器をてのひらで押さえたようだった。むこうのやりとりは安積にはわからなかった。やがて、てのひらが外され、村雨の声がしてきた。

「今、行かせました。でも、どうなってるんです」

「須田が知ってるはずだ。私が戻るまで待ちきれないのなら、あいつに訊けばいい」

「須田と黒木は出かけています。湾岸高速道路上の交通機動隊から連絡がありましてね。路肩に駐車中の乗用車のなかから、死体が見つかったんです。現場に急行しています」

「場所は?」

「千葉県幕張(まくはり)付近です」

湾岸分署ができるまでは、千葉県警の管轄だったのは言うまでもない。

従来から、所轄の例外とされている地区があった。高速道路がその最たるものだった。湾岸分署の管轄は、そのかつての高速道路の例がそのまま適用されているのだった。

「幕張署への応援要請は?」

「手配しました」

「刑事部屋にいるのは、おまえだけか?」

「課長と、制服警官がふたりいますけどね」

「どうだ。手は足りてるか?」

「手は足りてるかですって? そんなはずあるわけないでしょう」

「そうだろうな。よし、これから私が一度、そちらへ戻る」

安積は電話を切った。

「さて」

頃合いを見はからって、奥沢係長が尋ねた。

「わが班は、これからどうすればいいのかね」

「私は、全力を上げて、被害者の情夫をつきとめたいと思います。そして、『エチュード』の従業員と特に親しかった客がいなかったか、もう一度洗い直したいと思います」

「その、従業員と客の話だが、何か手がかりはないのかね」

安積は、言うべきかどうか、しばらく迷っていた。

結局、彼は、昨夜須田と話し合った、ニシダ建設の件を話すことにした。

聞き終わると、小野崎が言った。

「偶然の線が強いと思うなあ……」

「だが、調べてみんことには、何とも言えん。今は、偶然と思えることでもとにかく嗅ぎ回ってみることだよ。犬も歩けば――さ」

　奥沢が言った。

「知らなかったなあ……」と桜井。「係長。いつの間にそんなことを調べてたんですか。ゆうべは何も言ってなかったじゃないですか」

「心がけがいいとな、夢のお告げがあるんだよ」

　奥沢は、客のリストを見ていた。目を細め、紙を遠く離している。老眼が始まっているのだ。

「久保田泉美、二十七歳」

　彼はつぶやくように言った。「勤務先、ニシダ建設……。これだね。なるほど、この人も、あの店の客としては、あまりそぐわないね」

「なるほどね……」

　小野崎がうなずいた。

　そのとき、安積は、疑問を感じて、小野崎に尋ねた。

「あんたは、どうして、こっちの班にきたんだね」

「俺は現場を見てますからね。機捜の次に駆けつけたのは、俺たちだから……」

「それで？」

「その場の雰囲気ですよ。こいつは説明できない。だが、無差別な殺人なんかじゃないことはわかった――そういうこってす」

「勘というやつかね」

「世のなかではよくそういう言葉を使いますがね。正確じゃない。経験による直観主義というやつです」

「直観主義？」

「ひとつの哲学概念でしてね。人間は、最初に見たときから、物事の真実を実は見抜いているのだという説ですよ」

「刑事にとってはありがたい説だな。しかし、その説が正しいとしたら、どうして、しばしば、私たちは間違えるのだ？」

「おそらくは、直観に素直に従わないからだろうと思いますよ。いろいろな理由でね」

「迷宮への誘い……」

桜井が言った。「それは、係長の言った、『迷宮への誘い』のことでしょう」

「ほう。いい言葉だね」

小野崎が桜井に言った。

「うちの係長は、詩人なんだそうですよ」

安積は桜井の発言を無視した。

「それで、あんたと現場にいた刑事が、さっきここにいたと思うが、彼はなぜ、直観が鈍ったのだろう」

「電話番の彼をからかったやつですね。直観に素直に従えなかった理由があったんだと思いますよ」

「ほう……」

「あのとき、警部補が睨んだでしょう」

なるほどな、と安積は思った。刑事も人間だ。いやな人間の下にはつきたくない。しかし、それでは、彼はこの事件について、どう考えていたのだ？　彼の意見はどっちだったのだ？　たぶん、どちらでもよかったのだ。そうにちがいない。

「私は、もう一度、被害者の近所の聞き込みに行ってきますわ」

奥沢が言った。「同僚のホステスたちは、まだどうせ寝てるだろうし、『エチュード』にも人はいないだろう」

「お願いします」

安積は言った。

奥沢と小野崎が出て行くと、安積は急に心細くなった気がした。相楽という本庁の警部補は何か確証を握っていて隠しているのではないか——そんな思いさえした。

安積は立ち上がった。

「ちょっと、署に行ってくる。すぐ戻る」

桜井が彼を見上げた。

「僕はどうするんですか」

「ここを空にもできまい。私が戻るまで、ここにいてくれ」

「また、電話番ですか?」

「心配するな。私が誰か見つけてきてやる」

村雨に電話番を言いつけたら、あいつは何と言うだろうな。そんなことを想像しながら、安積は高輪署を後にした。

マークIIのハンドルを握りながら、彼は、自分に言い訳をしていた。これくらいの想像を楽しむのは許されて当然だろう。

## *11*

「どうだ? 電話番をしていた気分は? 性に合いそうか?」

ベイエリア分署の刑事部屋に戻ると、安積は村雨に言った。

村雨は、ぽかんとした顔で安積を見ていた。

「何ですか? そりゃあ。どういう意味です?」

「いや、何でもない。人員の都合がつかずに保留になっている案件はあるか?」

「いえ、今のところありません。何とか、外勤の連中で間に合わせてます」

「須田たちから連絡は?」

「十分ほどまえ、現場到着(ゲンチャク)の知らせが入りました。それからは何も言ってきていません」

「大橋は?」

「地検ですよ。係長、ありゃいったい何のことですか」

　安積は前日の出来事を説明した。ついでに、大橋がいかに張り切っていたかも付け加えた。

「でも結局は、おいしいところを持ってかれたってわけですね」

「でも、こいつは、確かに大橋の手柄だ。何かの折りに、それとなく誉めてやってくれ」

「わかりました。ですが、係長、これ、見ようによっては、いいように本庁に使われてるってことになりますよ」

「そんなことはわかっている。問題は、おまえさんが言った、見ようによっては、という点だ。なるべく、そういう見方をしないように心がけるのさ」

「そうですね……」

　村雨は気のない返事をした。

　電話が鳴って制服警官が取った。通信室からだった。須田から無線が入っているという。そのまま電話につないでもらった。湾岸分署は、通信設備も在来署に比べ近代化されている。安普請の埋め合わせに過ぎない、と署の警官たちは噂をしていた。

「チョウさんですか？　こちら臨海3。須田です」

　臨海3というのは、パトカーのナンバーだ。確かスープラだったな、と安積は思った。

　須田たちは、ハイウェイパトロールのパトカーに便乗して行ったのだ。

「どうした、須田」

「ホトケさんですがね。検視に回したいんですが、都の監察医務院に送り込んでもいいものかどうか迷ってたんですよ。つまり、ここは千葉県なわけでしょう。でも、湾岸道路上だから、うちの管轄でもあるわけです。聞こえてますか」

「よく聞こえている。千葉県警の人は何と言ってる?」

「車のナンバーが足立ナンバーでしてね。免許の住所も東京都内なんですよ。だから、こっちで処理したほうがいいだろうと……」

「わかった。問題ないだろう。私のほうから監察医務院に連絡しておく。こっちへ運んでくれ。詳しい報告は、署で聞くことにする」

「わかりました。臨海3、以上」

無線が切れた。続いて電話も切れた。安積は受話器を置いた。

そして考えた。

私が、この席を離れて、ライブハウス殺人事件にかかりきりになったら、いったいこの刑事部屋はどうなってしまうだろう。さらには、もうひとり専任の捜査員を選び出して連れて行かねばならないのだ。そんなことが可能だろうか?

安積は、村雨の顔を見た。彼はたまった書類仕事に精を出していた。

この男が、私のいない間、代わりをつとめてくれるだろうか? おそらく、その点はだいじょうぶだろう。

安積は、仕事の面では村雨を信頼していた。経験は豊かだし、手を抜いたりもしない。

そして、ある決断をした。村雨がこの刑事部屋を仕切るとなると、彼が捜査本部へ連れて行くべき人物は、おのずと明らかになる。

三十分たって、須田と黒木が帰って来た。

「死亡していたのは、三浦定次、六十七歳。住所は、足立区千住……」

須田が手帳を見ながら報告を始めた。「住所・氏名は運転免許証から、また職業は、名刺から判明しました。園芸家――早い話が、庭師ですね」

「死因は？」

「外傷は、いっさい見当たりません。千葉県警から鑑識が来ていて、おそらくは心臓とか、脳の血管とかが原因の突然死だろうということです。つまり、運転していて、気分が悪くなり、路肩に止めた。そして、休んでいたが症状は悪化し、そのまま息絶えた、と……」

「事件性はなしなんだな」

「監察医務院の検視の結果を聞かなきゃ、はっきりしたことは言えないですけどね。俺は事件性はなし、と思います」

安積は黒木を見た。

黒木は慎重にうなずいて言った。

「俺もそう思います」

「わかった。私は、これから高輪署へ行かなければならない。おそらく、もう戻れないだろう。村雨、あとのことをたのむ。町田課長と相談して何とか切り抜けてくれ。須田、おまえは、私といっしょに来るんだ」

須田は驚いた顔で安積を見た。

「高輪署の捜査本部にですか?」

「そうだ。戻ったばかりで悪いが、すぐに出かける」

安積は、立ち上がり、出入口に向かった。

須田は、あわてて、安積のあとを追ったため、安積が急に立ち止まったとき、その背にあやうくぶつかりそうになった。

安積は、須田に先に駐車場へ行くように言い、黒木を呼んだ。

黒木は、しなやかな身のこなしで戸口までやってきた。須田とはまったく対照的だ。そして、この男は、須田の影のように黙々と仕事に励んでいる。安積は、黒木が不平不満を言うのを一度も聞いたことがなかった。

安積は廊下へ出て、ドアを閉めると、黒木に言った。

「監察医務院へ送った死体の遺族への連絡とか、いろいろな手続き、よろしくたのむ。私が須田を引っ張っていっちまうんで、おまえひとりに押しつけることになるが」

「だいじょうぶです。係長、気にしないでください」

「それともうひとつ……」

安積は、本当に言いたかったことを切り出した。

「須田がいない間、おまえも村雨の指揮を受けることになる。いつも須田と動いているおまえのことだから、勝手が違うこともあるだろうが、うまくやってくれ」

「驚いたな……」

黒木が言った。「そんなこと、ちっとも気にしてやしませんでしたよ」

「それなら、いいんだ。今のことは忘れてくれ」

「はあ……」

「行っていいぞ」

黒木はドアのむこうへ消えた。

いろいろとあったもんでな。安積は心のなかでつぶやいていた。人間関係に神経質になってるんだ。


高輪署の捜査本部では、桜井が頬杖（ほおづえ）をついて、電話を睨みつけていた。

「おまえ、何やってんだ」

須田が尋ねた。

桜井は、さっと須田と安積のほうを向いた。

「見てのとおり、電話番ですよ」

「へえ」

須田はうれしそうに言った。「電話番てのは、電話が逃げ出さないように番をすることだったのか？」

「須田さん、知らなかったんですか？　それより須田さんがどうしてここへ」

安積がこたえた。

「各署でもうひとり、捜査員を出せと言われたろう。うちの強力な助っ人だ」

「うちの課はだいじょうぶなんですか？　係の半分が、こっちへ来ちゃったことになりますよ」

「あまりだいじょうぶではないが、まあ仕方がないさ。こうなったら、一日も早く事件を検事の手に渡しちまうことだ」

「そうですね……」

「電話はあったか？」

「いいえ、どこからも。こんな日は初めてですね。むこうの班の連中は、独自に連絡を取り合っているのかもしれません」

「そこまでやるかな……」

「あの本庁の警部補だったらやりかねないという気はしますね。ライバルを出し抜くためなら手段を選ばないんじゃないですか」

須田が、ふたりの間に割って入った。

「むこうの班？　いったい、何のことってす？」

安積は説明した。

「へえ……」

須田は感心したようだった。「本庁の刑事ってのは、面白いこと考えるんですね」

「あいつはたぶん特別だろう」

安積は言った。「そう思いたい」

「ひとりでいる間、いろいろと考えたんですけどね……」

桜井が言った。「一度、荻窪の事件の話を詳しく聞いてみたほうがいいと思うんですよ。ニシダ建設だけでなく、他にも何かつながりが見つかるかもしれません」

須田がうなずいた。

「ニシダ建設に、われわれも行ってみる必要がありますね。荻窪の被害者について、聞き込みをすると同時に、あの日、ライブに来ていたOLを、それとなく尋問するんです。形式的な尋問だ、とか何とか言って……」

安積は言った。

「となると、留守番がいるな」

「僕はもういやですよ」

桜井がうんざりした顔をした。

「もちろんだ。おまえには、荻窪署へ行ってもらう。できるだけ詳しく話を聞いてきてくれ。手に入る資料はすべてかっさらってくるんだ」

「じゃ、誰が……？」

「ちょっと、待っていろ」

安積は、捜査本部に当てられている小会議室を出て、捜査課のほうへ向かった。刑事たちの部屋はがらんとしていた。それでも、二、三人の顔見知りの刑事を見つけることができた。

「おや、安積さん」

そのうちのひとりが言った。「何か用かね」

赤ら顔のたくましい刑事だ。確か巡査部長だったはずだと安積は思った。

「おめでとう」

安積は言った。「私は、一番先に声をかけてきた人間に、名誉ある任務を与えようと思ってここへやって来た。この先に、『ライブハウス殺人事件特別捜査本部』と大書されているのを知っているな。その部屋に何台かの電話がある。重要な件で電話がかかってくるかもしれない。だが、これからその部屋は空っぽになる。そこで、君の出番だ」

「ちょっと、安積さん。俺にも仕事が……」

「こいつも大切な仕事だ。何も、おまえさんが電話のまえに付きっきりになる必要はない。制服警官でもいい。誰かを責任持って付けるんだ。おまえさんは、その当番表を作ってくれればいいんだ」

相手は抗議しかけて、やめた。

「わかりましたよ。もともとうちの案件です。いいでしょ。やりますよ」

周囲にいた刑事や制服警官がくすくすと笑った。

「くそっ。今、笑ったやつ。全員当番に組み込んでやるぞ」

安積は、刑事部屋を出て、捜査本部に戻った。

「さ、桜井は荻窪署へ行ってくれ。私と須田は、ニシダ建設をのぞいてみる」

ニシダ建設の本社ビルは、新宿副都心のビル街の一角にあった。

建設会社の名に恥じない意匠が凝らされており、安積は圧倒された。正面の玄関は、五枚ものガラスの自動ドアが並んでいる。玄関を入ると、床、左手にある受付台、柱などが、本物の花崗岩であることがすぐにわかった。

玄関ロビーは、三階まで吹き抜けになっており、急に人間たちがすべて虫のようにスケールが小さくなってしまった気がした。

ロビー内は、おそろしく静かだった。中世ヨーロッパの古城のような、重厚な静けさを感じた。

安積は、いつまでもそこにたたずんでいたい気分になったが、それを諦めて、受付に近づいた。

床と同じ、ぴかぴかに磨かれた花崗岩のカウンターのむこうで、三人の受付嬢がほほえんでいた。

淡いピンクのブラウスに、ワインレッドのベストという制服で、なかなか魅力的だった。

安積は中央の受付嬢のまえに立った。経験上、こういった場合、中央の人間が一番権限があることを知っていた。

彼は、警察手帳を出して、金色のマークと警視庁の文字を見せ、さらに、開いて、身分証の写真が確認できるようにした。

ここまでやる刑事はいない。しかし、市民はみな、それを求める権利を持っている。

安積は、殺された池波昌三氏について、詳しく話を聞きたいと、来意を伝えた。

「少々、お待ちください」

中央の受付嬢は、カウンターの下にある電話で、社内の誰かと相談をしていた。

その間、両側の受付嬢は、安積と須田に、遠慮がちな好奇の眼差しを投げかけていた。いつものことで、ふたりともまったく気にしていなかった。

好奇の眼差しなどいいほうだ。時には、あからさまに憎しみの眼を向けられることがある。いつからか、国民と警察は憎み合うようになった。いつからだろう。安積は、待たされる間、ぼんやりと考えた。おそらくは、警察のような組織ができて以来ずっとなのだろう……。

「お待たせいたしました」

電話を切って受付嬢が言った。「あちらの腰かけでお待ちください。ただいま、広報担当の者が降りてまいります」

「ありがとう」

安積は、革張りの腰かけのところへ行った。須田がすぐ後についてきた。受付嬢たちは、まだふたりのことを気にしていた。

「私たちは、ひどく嫌われているらしいな」

「そうですか？　チョウさん、考え過ぎですよ。みんな、ちょっと驚いているだけですよ」

そう。警官に訪問された人間は、まず、驚く。須田の言ったことは正しいと安積は思った。そして、そのうち、警官が何を始めるのか心配で眼を離せなくなるのだ。ちょうど、家に毒蛇が這（は）い込んだときのような気分だ。どうしても落ち着くことはできない。

三分ほどすると、エレベーターホールのほうから、受付にひとりの男が歩いて行くのが見えた。

受付嬢はその男に、安積たちのほうを示した。彼が安積を見た。近づいて来る。

髪は黒いが、染めているのかもしれないと安積は思った。全身、隙なく決めている。濃い紺色のスーツには、目立たないピンストライプが入っている。

年齢は五十歳前後。太り気味だが、腹は出ていない。ボストンタイプのしゃれた眼鏡をかけている。腕時計はロレックスだ。日焼けはゴルフによるものだとわかった。手の甲が焼けていなかったからだ。

ネクタイは、角度によって色が変わって見える光沢のあるブルーグレー。ポケットに、同色のチーフを入れている。海外で身につけたセンスだろうと安積は思った。

「広報担当の菅原（すがわら）です」

彼は名刺を出した。肩書きは、取締役となっていた。安積も名刺を出して渡した。こちらの肩書きは、捜査課係長で、名前の上に小さく警部補と刷り込まれているに過ぎない。

だが、位負けはしなかった。警官が民間人に対して位負けすることはない。

「安積といいます。こちらは、須田。亡くなられた、池波昌三さんのことで、うかがいたいことがありまして」

菅原は、さりげなくロビー内を見回して、低い声で言った。

「もう、警察のかたには、充分お話ししたと思いますが……」

「私たちに社内を歩き回られたくないお気持ちはよくわかります。しかし、捜査の進捗にともなって、新たな疑問が出てくるものなのです。その点は、必ず、うかがっておかなければなりません」

菅原は眉根を寄せた。

「警察では、犯人は社内の人間だとお考えなのですか」

安積は、捜査の状況など、まったく知らなかった。しかし、彼は顔色ひとつ変えずに言った。

「今のところ、何とも言えません。ただ、犯人は、被害者に、個人的な怨みを持っていた――私たちはそう考えているだけです。金品が奪われてませんでしたので……」

新聞に確かにそう書いてあったはずだ――安積は言いながら思った。

菅原は、あきらめたように、溜め息をついた。

「もちろん、私どもとしましては、一日も早く犯人を逮捕していただきたい。そのために協力は惜しまないつもりですが……」

「感謝します」

安積は強い口調で言った。

菅原は、うなずいた。

「こちらへどうぞ」

彼は、安積と須田を、一階ロビーの奥に並んでいる応接室のひとつに案内した。

ほどなく、何の指示もないのに、茶をぴったり人数分だけ持った女子社員が現れ、安積は、いったいどういうしくみになっているのだろうと思った。

*12*

「以前に刑事がうかがったときも、あなたが応対されたのですか？」

安積は、菅原と向かい合って腰を降ろすと尋ねた。須田がとなりで手帳を開き、メモを取る用意をしていた。

「いいえ。部下がお相手をしました。今回、私が出てまいりましたのは、そのときの者では役に立たなかったのではないかと考えたからです。その……。つまり、あなたがたが、また、いらしたということは……」

「いえ、そのかたの名誉のために言っておきますが、私たちは、以前のこちらの応対が不満足だからまたやってきたというわけではないのです。あくまでも、こちらの問題なのです」

「それで、今度はどんなことをお知りになりたいのでしょう?」

「池波昌三さんは、奥さんやお子さんと別居中ということでしたね。それはいつごろからなのですか?」

「さあ……。会社としては、社員のそういったことまでは……」

「誰かわかるかたはいらっしゃいませんか? 例えば、仲の良かった同僚のかたとか、仕事上、話す機会が多かったかたとか……」

「それが犯罪捜査のうえで必要なことなのですか?」

「そうです。たいへん重要なことです」

菅原はまた溜め息をついた。

「彼の部署の人間に訊いてみます。しばらくお待ちください」

菅原は応接室を出て行った。

須田は立ち上がって、そっと外の様子をうかがった。

「あの人、受付で電話をかけてますよ」

「そうか……」

「でも、チョウさん。別居中云々(うんぬん)という話は、刑事なら、真っ先に訊きそうな話ですがね。荻窪署の連中は訊かなかったんですかね」

「訊いたろうさ。菅原という男が知らなかっただけなんだ」

「同じことを何度も訊いて変に思われませんかね」

「心配するな。刑事の強みはそこなんだ。同じことを何度尋ねても、相手は変に思わない。刑事というのは、そういうものだと考えるのだ」

「あ、戻ってきました」

須田は、ソファに腰を降ろした。

菅原が入って言った。

「今、池波と同期入社の者を呼びました。市原(いちはら)といいます。営業企画課の課長をやっております」

「池波さんも、確か課長でしたね」

「そうです。営業第三課の課長です。営業というのは、文字どおり、受注関係の第一線の課です。一方、営業企画課というのは、いうなれば、営業の援護射撃とでもいいましょうか、パブリシティーなどを活用したり、マーケティング・リサーチをしたりして、営業をしやすくする課なわけです」

安積は、お座なりにうなずいた。

ドアをノックする音がして、顔色の悪い男が現れた。

やせていて生気がない。一目見て、胃を病んでいるのがわかった。おそらくストレスによる十二指腸潰瘍(かいよう)に違いないと安積は思った。

「市原です」

その男が名乗った。

安積は、菅原のとなりに腰かけるように言った。市原は、菅原のほうに一礼して小さく「失礼します」と言ってからすわった。

「亡くなられた池波さんと、親しくされていたそうですね」

「ええ……」

市原は、わずかに顔をしかめてこたえた。

「同期入社で、仕事上も比較的近いところにおりましたから……」

安積はその顔を見ていると、何だか自分の胃も痛み出しそうな気がしてきた。

「うかがいたいのは、池波さんが、奥さんやお子さんと別居なさっていたというような、まあ、個人的なことについてなのです」

「そういうことなら、直接、奥さんにお訊きになったらいかがですか。私どもに訊くより、ずっと正確なことがわかると思いますが……」

「奥さんのところへは、別の刑事が行ってます」

これは嘘ではないはずだった。当然、荻窪署の刑事が行っていて然(しか)るべきだ。「私たちがうかがいたいのは、別居していたことへの池波さんのお気持ちはどうだったのかというようなことです」

「それが殺されたことと、何か関係あるのですか?」

「ある、と私たちは考えています。池波さんは、別居について悩んでいる様子でしたか」

「悩む？　いいえ」

市原は首を振った。「悩んだすえに別居するんです。そうじゃありませんか。別居してからは、むしろ、せいせいしたような顔をしていましたよ。私も、できれば真似（まね）してみたいですよ。わかりますか？　この気持ち」

わかるような気がする。安積は心のなかでこたえた。だが、実際にはまったくわかっていない。自分は、出て行ったほうではなく、出て行かれたほうなのだ。

「別居されて、どのくらいたっていたのでしょう？」

「一年半くらいでしょうか。まだ、二年になっていなかったと思いますが……」

「正式に離婚はされていなかった？」

「していなかったと思いますね。手続きをしている最中だが、奥さんがなかなか踏ん切りをつけてくれないというようなことを言っていたのを覚えてますよ」

「それで、女友だちは？」

「それは、ほどほどだったんじゃないですか」

「ほどほどということは、女性との交遊が、あったという意味ですね」

「ええ、それは、まあ……」

市原は菅原のほうをちらりと見た。

「社内では、女性との噂など聞いたことはありませんか？」

市原はもう一度菅原のほうをうかがった。今度は、菅原も市原のほうをはっきりと見た。安積には、その無言のやり取りの意味がわかった。

市原は、言うべきかどうか菅原にうかがいを立て、菅原はNOとこたえたのだ。会社の不名誉になるようなことは、一切発言するな。無言でそう厳命したのだ。

「いえ……。そういう噂は……」

市原はこたえた。

今度は、安積と須田が無言で顔を見合わせた。市原は不安そうに、その様子を眺めていた。

安積は続いて、ゆっくりと溜め息をついた。言うことをきかない子供をまえにした教師の態度だ。これは無言の圧力だった。

「よく考えてください。これは、きわめて大切なことなんですよ」

市原の顔色がさらに悪くなった。急に緊張の度合いが高まったのだ。胃が痛み始めているだろう。

それに比べて、菅原のほうは泰然としていた。これだけの大会社の重役ともなると、たいていのことには動じたりしないのだろうと安積は思った。

市原は、首を横に振った。

「いいえ、社内では女性関係の噂は聞いたことはありません。バーやクラブでもてたというような話はよくしてましたが……」

「何というお店の、何というホステスです?」

こういう質問は、たいへんな圧力になる。市原は刑事に対して嘘をついている。それがわかった今、安積は容赦しないつもりだった。

「さあ……。そこまではいちいち覚えていません。酒の上でのばか話ですから……」

市原はとたんにしどろもどろになった。

「池波さんの別居の原因は、女性がからんでいるのではないのでしょうか？」

「そういうことは知りません」

「さきほど、あなたは、池波さんが離婚の手続きをしているが、奥さんがうんと言わないと語っていた——そうおっしゃいましたね」

「はい……」

「どこでそういう話をなさったのですか？」

「どこで……？」

「社内でですか？　それともどこか別の場所でですか？」

「ええと……。どこかへ飲みに行ったときだと思います」

「どこだったか覚えてますか？」

「いえ……。忘れました……」

「そのとき、ふたりは酔っていましたか？」

「ええと……。はい……。あ、いいえ、正体がなくなるほどは酔ってはいません。適度に酒は入っていましたが……」

「そのとき、別居の理由について、池波さんは、あなたに何か話しませんでしたか?」

「いいえ」

「まったく?」

「ええ……」

安積は、基本的な尋問のテクニックのひとつを使っていた。相手に考える間を与えず矢継ぎ早に質問をぶつけていくのだ。

そのうち、相手のこたえが矛盾してくることがある。この場合がそうだった。

酒の席で、親しいふたりが話している――そういう場面で離婚とか別居とかいう話が出ているのだ。当然、池波はその理由というか、きっかけのようなことも打ち明けているはずだ。そのほうが自然なのだ。

「お疲れだったのかもしれませんねえ……」

一転して、安積は静かな口調で言った。

「は……?」

「池波さんですよ。お仕事はたいへんなんでしょう。家へ帰っても、お子さんのこととか家のローンのこととかで気が休まらない――もし、そういう状態だったら、逃げ出したくなるのもわかるような気がします」

「そうですね」

市原はうなずいた。「おそらく、そういうことだったのだと思います」

彼は、安積の投げた餌（えさ）に食いついた。救いの言葉を待っていたのだ。

「しかしね」

安積は、市原を見つめて言った。「池波さんは殺されたのです。それを忘れんでください。こういう場合、たいていは、女がからんでいるものなのです」

市原は、絶壁で差しのべられた手を、握ったとたんに振りほどかれたような気分だったに違いない。

「お忙しいところ、どうもありがとうございました」

形式どおりに安積が言った。

「いえ……」

市原は菅原の顔を見た。菅原がうなずくと、市原は立ち上がった。

安積は、菅原に向かって言った。

「ついでと言っては、なんですが、もうひとり呼んでいただきたい人がいます。久保田泉美さんという女性なんですが……」

応接室を出て行きかけた市原が立ち止まって、振り返った。彼は菅原を見ていた。菅原も思わず市原の顔を見ていた。ふたりの顔には、驚きと不安がくっきりと刻まれていた。

それは、ほんの一瞬の小さな出来事だった。市原は、すぐに自分の失敗に気づいたようだった。彼は、応接室のなかにいる人間に向かって礼をしてから、ドアを閉めた。

一瞬の小さな出来事——しかし、安積にとっては、劇的な瞬間に思えた。

安積は、今の市原と菅原の反応に驚き、思わず須田と、眼と眼を見交わしていた。

「秘書課の久保田泉美ですね」

すでに菅原の声は落ち着いていた。いささか不機嫌な響きすらあった。

自分は痛くもない腹をさぐられているのだという演技をしているのだ。しかし、もう手遅れだった。彼の腹は確かに痛んでいる。どこが痛いのか——その点については、まだ安積にはわからなかった。

「少々、お待ちください。呼んでまいりましょう」

菅原が出て行った。

須田が、また、すかさず立ち上がり、ドアの隙間から外をのぞいた。

「また、受付から電話をかけているようです」

須田は実況中継を始めた。

「電話をかけ終わりました。あれ？　さっきとは違ってますね。やっこさん、エレベーターのまえで、待ってますよ」

「市原という課長の場合と違って、直接因果を含める必要があるからだろう。しかし、どうなってるんだ？　私たちは、池波という男の殺しの捜査に来ているんだぞ。久保田泉美と聞いたときの、あのふたりのあわてかた——あれは、いったい何だったんだ」

「そうですね……。こりゃ、石炭を掘りに来てダイヤモンドの大鉱脈を見つけちまったのかもしれませんよ」

「そういう気はする。だが、どういう事実関係なのか、おまえ、わかるか？」

「いいえ……。さっぱり……。あ、来ました」

須田は席へ戻った。ドアが開いた。

菅原が、久保田泉美をともなって応接室に入ってきた。

安積は、女性に対する儀礼で立ち上がった。須田があわててそれにならった。

菅原が、安積と須田を彼女に紹介した。全員が腰を降ろすまで、安積は、彼女を観察していた。

二十七歳ということだが、実際の年齢より若く見える。モスグリーンのスーツを着ている。スカートはタイト。たいへんプロポーションがよく、引き締まった体形をしている。おそらく、体形を保つために、少なからぬ金と体力を使っているに違いないと安積は思った。

淡いグリーンのブラウスを着ており、リボンをタイのように結んでいる。リボンの色はスーツと同じだった。パンプスの色もモスグリーン。

髪は垂らすとおそらく肩にかかるほど長いだろうが、今は、後ろできっちりと結っている。

化粧はひかえめに見えたが、実はそう見せるための高級なテクニックを使っていることがじきにわかった。透明感を出すために、特殊なファウンデーションを使っているようだった。

目もとも、よく見るとブラウン系のシャドウで整えてある。ルージュの色はピンク系で目立たないが、光沢があった。

全体としては、たいへん清楚、かつ優雅という感じがした。そして、万人が認める美人だった。彼女は、きちっと膝と足先をそろえ、膝から下をななめにしてすわっている。

貴婦人のすわりかたで、最近ではあまり見かけなくなったもののひとつだった。

秘書課といったな。安積は思った。もっともだ。重役たちの特権のひとつだ。

彼女の容姿は申し分なかったが、態度のほうはというと、そうはいかなかった。

彼女はうつむき加減で、たいへん難しい顔をしている。顔色はひどく悪かった。重ねた左手に力が入り、指の関節のところが白くなっていた。過度に緊張しているのだ。

誰でも刑事のまえへ来ると緊張する。かえって、まるで緊張しない人間を、刑事は疑ってかからなければならない。

だが、緊張の度合いが大きい場合も問題だ。

安積は、第一印象で、彼女が何か秘密を持っていると感じた。『経験による直観主義』——いい言葉だ。安積は思った。

「お忙しいところをどうも」

安積は常套句で、尋問の口火を切った。

久保田泉美は、うなずいて、返事をしたが、何と言ったか安積には聞こえなかった。

安積は名刺を出した。久保田泉美は両手でそれを受け取った。しかし、読んだ様子はなかった。

「あなたにうかがいたいのは、港南四丁目の『エチュード』というライブハウスで起きた殺人事件に関連したことです」

安積が言うと、久保田泉美はうつむいたまま眉を寄せた。そして、戸惑いの表情を浮かべると、ゆっくりと顔を上げ、初めて安積の顔を見た。

「え……?」

彼女は無意識に訊き返していた。

菅原も驚きの表情で安積を見つめた。彼は意表を突かれたのだ。

「刑事さん。これはどういうことですかな」

「言ったとおりのことです。実は、私は、ライブハウス殺人のほうを担当しているのです。池波さんのことについてうかがったのは、その殺人事件に関連があると思われるからなのです」

菅原はあらためて、安積の名刺を見た。

「東京湾臨海署……?」

彼は声に出してつぶやいた。その声にうながされるように、久保田泉美は手にしたままだった名刺に眼をやった。

「そうです」

安積は言った。「一般には、湾岸分署などと呼ばれています。池波さんの殺人を担当しているのは、荻窪署の刑事です。それはご存じですね」

　菅原は、完全に混乱しているようだった。

「ライブハウスの殺人……。いったい、何のことです……」

「臨海地区にある若者向けのライブハウスで、三十五歳の女性が毒殺されました。久保田泉美さんは、たまたまその夜、その店に居合わせたというわけです。何か変わったことに気づかなかったかどうか……。何か思い出したことはないか——そういったようなことをうかがおうと思いましてね」

　久保田泉美は、菅原の表情をうかがった。菅原は彼女のほうを見なかった。

　安積は、彼女に言った。

「質問を始めていいですね」

## *13*

「あなたは、よくあの店へ行かれるのですか?」

　安積は久保田泉美に尋ねた。

「いいえ。あの夜が、二度目です」

「最初にいらっしゃったのは、いつですか?」

「一か月ほどまえです。正確な日をお知りになりたいですか?」

「はい。できれば……」

「デスクに行けば、スケジュール・ノートがあります。それを見れば、わかりますわ」

「では、それは後ほどどうかがうことにします。ほかにお訊きしたいことがたくさんあるんで……」

「はい」

彼女はさきほどとは別人のように落ち着いていた。すでに病的な緊張状態から解放されている。そうしてみると、非常にプライドの高い女性であることがわかった。他人に隙を見せることを嫌うタイプの女性だ。

「あの夜、店に着いたのは何時ころですか？」

「八時を少し過ぎていたと思います」

「店のなかで、誰かとお話をなさいましたか？」

「いいえ」

「誰とも？」

「していません」

「あの店へ行かれたきっかけは？」

「私、グリンゴンのようなグループが好きなんです。最初に行ったときの出演バンドもグリンゴンです。出演バンドのスケジュールはタウン情報誌で調べました」

「あの店に、お知り合いのかたはいらっしゃいませんか？　従業員のかたで……」

「いえ、いません。まだ二度しか行ったことがないんです。顔見知りにすらなっていません」

彼女の受けこたえはほぼ完璧と言ってよかった。仕事の性格上、明快な返答を要求されるのだろう。そういった訓練のあとを感じさせた。

それにしても、グリンゴンのファンだって？　安積は心のなかで、そっと溜め息をついた。人の趣味は、見かけからはわからないものだ……。

「あの夜は、どのあたりの席にいらっしゃいました？」

「ちょうど、店の中間あたりです。前のほうで見たかったのですけれど、ステージの近くは、若い人たちに占領されていましたから」

彼女は、ちらりと笑いを浮かべた。真白い歯が唇の間からのぞいた。左の頬にえくぼがかすかにできる。笑うとさらに顔の印象が若くなる。

男なら、誰しもが心を動かされて然るべき笑顔だ。しかし、このとき、安積は別の理由でこの笑顔に強い関心を抱いた。

さきほどまでおびえ切っていた彼女が、笑顔を見せるまでに余裕を持っている。これはなぜだろう？

話題が、『エチュード』の殺人事件になってから、急に彼女は落ち着いてきた。舞台の上で、忘れていた長台詞を突如思い出した役者のように……。

そう考えて、安積は、急に納得がいった。彼女は、今、用意された舞台を踏んでいるのではないだろうか？

しかし、まだ結論を出すのは早過ぎた。疑うのは刑事の仕事の上で最も大切なことだ。だが、偏見はいけない。偏見は捜査を間違った方向へ引っ張っていく。

整理する時間が必要だった。

「すると」

安積は言った。「あなたは、被害者より前の席にいらしたというわけですね」

「そうです。うしろで騒ぎがあったときも、最初は何が起こったのかわかりませんでしたわ。演奏の最中でしたし……」

「事件が起こる前後、何か異常なことに気づきませんでしたか？」

「いいえ、まったく。ステージのほうに集中していましたから……」

用意された台詞なのだろうか？　安積は考え続けていた。

「ところで、亡くなられた池波さんをご存じでしたか？」

「個人的にお話したことはあまりありませんでしたが、同じ会社ですから、もちろん面識はありました」

「彼が、奥さんと別居中ということをご存じでしたか？」

「そういう噂を聞いたことはあります。でも、本当にそうだったのかどうかは知りませんでした。興味もありませんでしたし……」

「彼女にそういう質問をする必要があるのでしょうか？」

菅原が、明らかに不機嫌そうに言った。

「いえ。彼女個人には関係のない質問です。あくまでも、女子社員のひとつの声として訊いておきたかったのです」

「なるほど……」

安積は、これ以上ねばっても、時間の無駄と判断した。彼は、須田にうなずきかけた。須田は手帳を閉じた。

安積は、菅原と久保田泉美に礼を言って立ち上がった。

ふたりの刑事は、ニシダ建設の城を後にした。

安積と須田が遅い昼食を済ませて高輪署に戻ったのは、三時を少し回ったころだった。

桜井がふたりを待っていた。

安積は、桜井から、荻窪の刺殺事件のあらましを聞いた。

第一発見者は、被害者の隣りの部屋に住む大学生だった。十時頃、帰宅したその学生は、隣りの部屋のドアが開けっ放しになっているのでのぞいてみたところ、被害者が血まみれで倒れていたということだった。

大学生は、まず救急車を呼んだが、救急隊員が駆けつけたときには、すでに池波昌三はこと切れていた。

部屋のなかを荒らされた跡はまったく見られなかった。また、鍵をこじあけた跡もなかったことから、捜査本部では、顔見知りの人間の犯行ではないかと見ているらしい。

「凶器はまだ見つかっていませんが、傷の様子から見て、刃渡り十五センチから二十センチ程度の鋭利な刃物だということです」

桜井は説明を続けた。

「包丁かな……」

須田が言った。

「考えられるな」

安積はうなずいた。「被害者は、奥さんとは、そうとうにこじれていたのか？」

「それがどうも……」

桜井は肩をすぼめて見せた。「そうでもないらしいのです」

「離婚に同意しないでいたと聞いたが……」

「どうやら、そういった感情的な問題ではないようなんです。奥さんは、いわば、条件闘争に入っていたようなんですよ。つまり、すごく冷静なタイプでしてね、離婚するに当たっては、できるだけ自分に有利な条件がそろうように、交渉していたというんです」

「チョウさん……」

須田がかぶりを振った。「こりゃ、奥さんの線はないですね。逆に奥さんが殺されたというんなら、池波昌三に動機あり、ということになりますがね……」

「まあな。だが、私たちはそこまで考えなくていいんだ。池波昌三殺害の案件を捜査しているわけじゃないんだ」

「そうでした」

「それで……」

安積は桜井に尋ねた。「池波昌三の女性関係は？」

「定期的に会っていた女性がいるようですがね。捜査本部では、まだ特定できずにいます」

「やはり、女かな……」

須田がつぶやいた。

「ちなみに、殺害を実行したのは男性だろうということです」

「検視の結果か？」

安積が尋ねた。

「ええ。刺し傷は、腹部に五か所、背中に七か所の計十二か所なんですが、その角度から見て、被害者と同じくらいか、あるいはもっと背の高い人物のしわざだというんです」

「なるほど……」

安積はうなずいた。須田のほうを向いて言った。「ところで、さっきの、あれ、どう思う？」

「ニシダ建設ってところは、秘密の巣みたいなところですね」

「何があったんです？」

桜井が尋ねると、須田はニシダ建設の三人の様子を細かく説明した。

「妙な話ですね。どういうことなんですか」

安積は、桜井と須田の顔を見て、それから眼を伏せた。彼は、ごくつまらないことをしゃべるような口調で言った。

「考えられることは、それほど多くはない。例えば、荻窪の殺人事件と港南のライブハウス殺人事件とはつながりがある、とか……」

須田が、片方の眉を上げた。

「チョウさん。実は、俺もそれを考えていたんですよ」

「つながりがあるって……」

桜井が言った。「どういうふうに？」

「さあな」

安積は、眼を伏せたままだった。「そいつはわからん。だが、その鍵を握っている人物の目星はついた。ニシダ建設の久保田泉美だ」

須田がうなずいた。

「俺もそう思いますね」

「だがな、須田。あの女、一筋縄じゃいかんぞ」

須田は、にやりと笑った。凄味をきかせたつもりなのだろうが、人の好さそうな笑顔にしか見えない。

「でもね、チョウさん。あの市原っていうやせた男ならすぐ落ちますよ。絶対です」

「人の弱味につけこむことを覚えたようだな」

安積は言った。「いい刑事になれるぞ。よし、今夜、彼の自宅を訪ねてみよう。住所を調べておいてくれ」

須田と桜井は、時間を見はからって、『エチュード』へ出かけた。開店前に、従業員を何人かつかまえて、話を聞く必要があった。

安積がひとり、部屋に残った。電話番は解放してやったのだ。

午後四時半。相楽啓警部補率いる第一班の連中が、いっせいに戻ってきた。安積は彼らがどこで何をやっていたのか気になったが、尋ねる気になれなかった。

安積は、彼らが若い男を連れてきたのを見て驚いた。おそらくまだ未成年だろう。反抗的な暗い眼をしている。

前髪だけをパーマでふくらませ、その一部を脱色していた。襟の小さい縦縞（たてじま）のシャツに、だぶだぶのパンツという出立ちだった。

相楽警部補は、彼の班のなかでただひとりの高輪署員に向かって言った。

「取調室を都合してくれんかね」

「わかりました」

高輪署の刑事は駆けて行った。

「何ですか、その子は?」

たまりかねて、安積は尋ねた。

「重要参考人だよ」

相楽は涼しい顔でこたえた。

「重要参考人？　いったいどんな参考になるというんですか」

相楽は、荻野部長刑事に、顎で合図した。荻野は、少年を廊下に連れ出した。

「青酸カリだよ」

少年と荻野刑事が出て行くと、おもむろに相楽は言った。

「青酸カリ？」

「そう。あいつは、あの夜の客のひとりだ。客のリストのなかで、犯罪歴、補導歴のある者を中心に捜査を進めた。あいつは、もと暴走族で、集団暴行の現行犯で挙(あ)げられたことがある。そして、そのとき、いっしょにつかまったやつの仲間のなかに、メッキ工場で働いていた男がいる」

安積は、何と言っていいのかわからなくなった。黙っていた。

病院は病気を作っている。そして警察は犯罪を作っている——そんな言葉が安積の頭のなかをかすめていった。

「メッキ工場では青酸カリを使うことは誰でも知っている。見事につながったというわけだ」

「しかし、その仲間は、かつてメッキ工場につとめていたことがあるというだけのことなのでしょう?」

「つてはあるはずだ。確実な証拠はもちろんない。だから、被疑者ではなく、参考人なんだ」

安積はそれ以上反論はできなかった。少しでも疑わしければ捜査するのが刑事の仕事だ。その意味で相楽は間違ってはいない。

「取調室の用意ができました。重要参考人を案内してあります」

戸口で、高輪署の刑事が言った。

相楽はうなずいて、出て行った。ひとりだけ残っていた本庁の刑事も、すぐに相楽のあとを追って行った。

あれがあいつのやりかたなんだ――安積は、初めてあせりを覚えた。

午後五時。高輪署の奥沢警部補と小野崎部長刑事のふたりが戻ってきた。

このコンビは、被害者が住んでいたマンションの付近で聞き込みをやってきたはずだった。

「どうでした?」

安積は奥沢警部補に尋ねた。

「確かに男はいたようだね。だが、どうしてもその男の素姓はわからない。実は、見落としているものはないかと思って、被害者の部屋をもう一度、ざっと調べてみたんだがね。

男に関するものは何も残っていない。日記もつけていなかったようだし、手紙の類もない」

「女ってのは、こうまで自分の男のことを隠しきれるもんでしょうかね」

小野崎が言った。「有名人だから、自分と付き合っていることが世間に知られると相手に迷惑がかかる——理性ではそうわかっていても、そういう立場になると、なおさら誰かにしゃべりたくなるんじゃないでしょうかね？」

「本気で惚（ほ）れたんだろう」

奥沢はそっけなく言った。「そして、相手の男に釘を刺されていた。もし俺のことを誰かにしゃべったら、ふたりの仲はそれまでだ——とか何とかね」

「それにしたって、写真一枚ないなんて……」

「被害者は手帳のようなものを持っていたでしょう」

安積は言った。「デートや待ち合わせの予定なんかは書かれてなかったんですか？」

「日付けの脇に、星印がついているところが何か所かあったんだ。それだけだ」

「電話番号は？」

「手帳にある番号の相手はすべて調べたさ。しかし、情夫といえるほどの相手はひとりもいなかった」

安積は重々しくうなずいた。

「さて、ひと休みしたら、今度は、『ラビリンス』のほうへ行ってみるか」

奥沢が言った。

「そうですね」

小野崎がうなずく。

「あんたんところの若いのは？」

「うちからひとり部長刑事を連れて来ましてね。今、ふたりで『エチュード』へ行っています」

「そうか……。高輪署からももうひとり出さなきゃならんな……」

「相楽警部補の班は、重要参考人を取調室に連れ込んで何やらやっていますよ」

「重要参考人？」

聞き終わると奥沢は言った。

「まあ、それくらいの理由じゃ、逮捕状も取れんだろう」

「しかし、あの人の強引さはよくわかりました」

「じゃあ、こちらもぐずぐずしていられないというわけだ。小野崎、ちょっと赤坂のクラブでものぞきに行ってこようか？」

「いいですね。こういうチャンスでもなけりゃ、俺たちの給料じゃとてもそんな店のドアはくぐれませんからね」

高輪署のふたりは出て行った。

安積は、取調室をのぞいてみたい衝動にかられた。相楽は、手柄をあせるあまり、少年を締め上げているのではないだろうか？　犯罪捜査のためなら何をやっても許されると考えている刑事がいるのは事実だ。

取調室内で何が行なわれているかは、世間に知られることはない。マスコミはおろか、弁護士ですら手が届かない密室だ。

実際、自白を取るために拷問まがいのことが行なわれている。

安積は、衝動を必死におさえて腰かけていた。他人の捜査方針にけちをつけるのは、刑事の間ではタブーなのだ。

須田と桜井が帰って来たときには、安積は救われたような気さえした。

須田が報告を始めた。

「あの夜、被害者に飲み物を運んだウェイターに話を聞いてきました。チョウさんの説によると、毒を入れた可能性の一番高い人物ということになりますからね」

安積は無言で先をうながした。

「名前は、中島浩幸（ひろゆき）、二十五歳。被害者が倒れたとき、真っ先に駆けつけたのも、この男です」

安積はその男のことを覚えていた。事件の夜、直接、彼が質問したのだ。そのときの印象を思い出そうとした。

安積が「彼女が倒れる前後、何か変わったことに気づかなかったか？」と尋ねると、やけにはっきりと「まったく気づかなかった」とこたえたのだった。

そのとき、あまりに断定的過ぎると感じたのを安積は思い出した。そして、中島は、ひどく緊張して、それを隠そうとしていた。

怪しいと言えば怪しい。だが確固とした理由があるわけではない。人を殺した直後なら、もっとひどい状態になっていてもおかしくはない。少なくとも、彼は、あのとき、安積に対して筋のとおる返答をしているのだ。とにかく、須田と桜井の話を聞くことにした。

須田は、安積の様子を見ながら話し始めた。

「彼は、自分が運んだ飲み物に毒が入っていたと知って、ひどくショックを受けたようでした。つまり、あの夜、彼女が倒れたときには、彼は、飲み物に入っていた毒のせいだとは知らなかったわけです」

「それを本当だと思うか?」

「いや、嘘をついてますね」

須田はそう言って、桜井のほうを見た。

桜井はうなずいて須田を補った。

「僕もそう感じました」

「その中島という男は、その夜、久保田泉美とは接触していないのか?」

「そこなんですよ、チョウさん」

須田は言った。例の秘密を分かち合う少年の顔をしている。「何人かのウェイターやウェイトレスに訊いてようやくつきとめたんですけどね。久保田泉美は、あの夜、煙草(タバコ)を買うために、中島を呼んでるんです。たまたま中島がそばに立っていたらしいんですがね……」

桜井が言った。

「普通、ドリンクを運んで行くときは、ウエイターがグラスをテーブルに置くだけでしょう。でも、煙草は現金で買います。つまり、客はその場で金をウエイターに手渡すんです」

「どうです？　チョウさん」

「つまり、おまえたちが言いたいのは、そのときに、金といっしょに他のものを手渡したのではないかということか？」

「例えば、青酸カリ……」

須田が言った。

安積は、両手で顔をこすった。顔に脂が浮き始めていた。

「まあ、そういう可能性もあるということだ」

## *14*

ニシダ建設の営業企画課長、市原が住んでいるのは、埼玉県の川越市だった。

安積、須田、桜井の三人は、奥沢と小野崎の帰りを待たずに、行き先のメモだけを残して、市原宅へ向かった。

桜井が覆面マークIIのハンドルを握った。

午後八時に市原の住むマンションに着いた。

ドアを開けたのは、市原夫人だった。市原はまだ帰っていないという。安積は、この時間まで働き続けているのは、自分たちだけではないのだということを再認識して、何やらほっとする思いがした。

市原夫人は、たいへん不安そうな顔をしていた。

「あの……主人が何か?」

最近の一般人は、テレビドラマを見るせいで、こういう台詞に慣れている、と安積は思った。

陳腐だと知っていても思わず口をついて出てしまうのかもしれない。

「ご心配なく。ご主人は亡くなられた池波さんと比較的親しくされていたということなので、詳しくお話をうかがいたいと思っただけです」

「九時過ぎには戻ると思います。あの……、なかでお待ちになりますか?」

破格の待遇と言わねばならない。警官は門前払いをされなければ、よしと考えるものなのだ。

心は動いたが、安積は言った。

「いいえ。また、そのころ出直してくることにします。その代わり、二、三質問させてください」

「ええ……。どうぞ」

「奥さんは、池波さんをご存じでしたか？」

「はい。もちろん。何度かご夫婦で遊びにいらしたこともありますし、こちらから訪ねたこともあります。……その……、池波さんが奥さんとああいうことになるまえの話ですけど……」

「池波さんが別居されるようになった原因ですが、何だと思われますか？」

「さあ……。そういうことは……。はっきりした原因などないんじゃないでしょうか？」

「池波さんの女性関係について、何か耳にされたことはありませんか？」

「そう言えば……」

「何です？」

「主人が、酔って帰って来て、ぽつんと言ったことがあります。池波のやつめ、あんな若い女に入れ揚げちまって、どうする気だ――そんなことを言ってました……」

安積は満足した。玄関のドアをはなれ、エレベーターで一階へ降りた。

三人の刑事は、近所を歩き回って小さな中華料理屋を見つけ、夕食にありつくことにした。ビールの誘惑に負けそうになったが、三人とも何とかこらえることができた。

テレビがあり、野球のナイトゲームを放映していた。いつの間にか、安積はひいきのチームもなくなっていた。プロ野球などはいわば習慣性のもので一か月も試合を見ないと関心がなくなる。

桜井は、そうではないようだった。彼は、ひいきのチームのヒットや凡打に、一喜一憂していた。

九時ちょうどに、その中華料理屋を出て、再び、市原の住むマンションへ向かった。

今度は市原本人が玄関に出てきた。帰ったばかりらしく、まだ背広姿だった。ネクタイをゆるめている。顔色は昼間会ったときより、さらに悪くなったように見えた。

「もう一度、詳しく話をうかがいたいのですが」

安積は威圧的に言った。圧力をかけて、今夜のうちに、この男を落とすつもりだった。三人でやってきたのもそのためだ。ただ話を聞くだけならふたり、あるいはひとりでも充分だ。

その気持ちは、市原に必ず伝わるはずだった。市原は、諦めたような表情でうなずき、あとずさって言った。

「どうぞ、上がってください」

安積たちはリビングルームに通された。

長椅子に安積と須田が並んで腰かけ、桜井はひとりがけの椅子にすわった。

安積たちと市原がティーテーブルをはさんで向かい合う形になった。

「お宅へうかがったのは、会社では何かと話しづらいことがおありなのではないかと思ったからなのです。どうか、お気を悪くなさらないでください」

安積は言った。言葉は丁寧だが、口調はそうではなかった。ヤクザの威しと共通点がある——安積はこういうとき、いつもそう感じた。

夫人がコーヒーを運んできた。これも、破格の扱いだ。

「会社で言ったこと以外、私は何も知りませんよ」

市原は、言った。

「そうですか？」

安積はわざと間を取ってしゃべっていた。

「あなたは、裁判所で宣誓をしているわけではないので、嘘や隠しごとをしても、確かに偽証罪にはなりません。しかし、事件の全貌が明らかになったとき、あなたが嘘をついていることがわかったら、私たちは決して黙ってはいません」

「そういうのは脅迫じゃないんですか？」

「いいえ。あらかじめ、事実をお教えしておこうと思っているだけです。忠告ですよ。さて、あなたは、池波さんが特定の若い女性と付き合ってらしたのを、ご存じだった。そうですね」

「そんなことはありません……」

「酔って帰ってこられて、あなたがこうおっしゃるのを、奥さんが聞いておられるのです。——池波のやつ、あんな若い女に入れ揚げて——どうです？　心当たりがあるでしょう」

市原は下を向き、眼球をせわしく動かしていた。両手の指を組んでいたが力が入って、白くなっている。

「その若い女性というのは誰のことなんです？」

安積は強い調子で尋ねた。

「覚えてません。たぶん、いっしょに行ったクラブかどこかのホステスのことでしょう」

「なるほど……。あなたは、さきほど、池波さんの別居の理由についてご存じないと言われた。今でも、その点に関しては同じでしょうか？」

「同じです」

安積は、深い溜め息をついた。

「あなたは何かを隠してらっしゃる。それは、たぶん、会社のためなのでしょう。しかし、いざというとき、会社はあなたのことを助けてはくれません。私たちは、捜査の妨害をした人を絶対に容赦しません。そのときになると、あなたの会社など無力なのですよ。その点をよく理解しておいてください。また、私たちは、あなたが本当のことを話してくれたと納得するまで何度でも来ます。これも嘘じゃありません。あなたがどうするべきかは、すでに明らかでしょう」

「何度言われても、私は……」

「いいですか。あなたは昼間、決定的な間違いを犯したのです。私が、久保田泉美と言ったとき、ひどく驚いた顔をなさった。そして、広報担当の重役——菅原さんでしたっけ——彼と顔を見合わせてしまったのです。刑事はそういうことを絶対に見逃しません。そして、疑問が解けるまでくらいつくのです」

長い沈黙の時間が始まった。

市原は下を向いたまま動かない。今は、彼に考えさせるべきときなのだ。安積も口を開かなかった。

三人の刑事は、無言でじっと市原を見つめていた。コーヒーは手つかずのまま、冷めていた。どこかにある時計の秒を刻む音だけが聞こえた。

安積は腕時計で時間を計っていた。五分以上沈黙が続くようだったら、別の手をためさなければならない。

四分が過ぎようとしていた。

突然、市原が深く溜め息をついた。安積は身動きせず、市原を見つめていた。

「私は、もうどうしていいかわからない」

吐き出すような口調だった。いい傾向だと安積は思った。ついに、市原を追いつめたのだ。

安積は決して助け舟を出そうとしなかった。今は、市原ひとりにしゃべらせなくてはならない。

「会社に口止めされていたということぐらいわかってるんでしょう、刑事さん。私ら、会社に命令されれば、いやと言えないんですよ。それなのに、あなたがたはしゃべれ、と言う」

ここまでくればだいじょうぶだ、と安積は判断して、口を開いた。

「当然です。これは殺人の捜査なのです」

「警察が私たちの生活の保障をしてくれるわけではないでしょう」

「そう。それは、あなたの会社の組合とか、民事裁判とかの問題になります。しかし、刑事は、協力してくれた人間の味方になります。例えば、あなたの協力がもとで事件が解決したとき、私たちはあなたに圧力をかけていた人間を放ってはおきません」

「所詮は、どっちの権力が大きいかということなのですね」

「いいえ。どちらが正しいかと考えることにしています」

市原は何度もうなずいた。

「確かに、私は池波の愛人を知っていました。そして、殺人事件が起きたとき、広報担当者にいろいろ事情を訊かれ、すぐに口止めされたのです。その愛人も社内の人間でしたからね。今、建設業界は大口の入札を取り合っていて、わずかなスキャンダルも嫌うのです。そうです。池波の愛人は、久保田泉美でした」

「なるほど……。そのことを口止めされたということは、池波さんが殺されたことと何か関係があるということですね」

「それはわかりません。会社は、ただスキャンダルを警戒しただけなのです。まあ、別居の原因とは言わないまでも、彼女は、その引き金くらいにはなっていたかもしれません」

「ほう……」

「池波と彼の奥さんの間が冷えていたのは確かです。しかし、それだけだったら、池波も別居だ離婚だと事を起こすようなことはしなかったでしょう。池波は久保田泉美と関係を持つようになって、しだいに彼女にのめり込んでいったのです。そして、奥さんと正式に別れて、久保田泉美といっしょになろうと考えたのですよ」

「そのことを知ってるのは？」

「私と、広報担当重役の菅原と、久保田泉美本人――私の知っている限りではこの三人ですね。池波が、私にしゃべったのと同様に、他の友人にも話しているかもしれませんが、数はそう多くないと思います」

「池波さんの奥さんはどうでしょう？」

「久保田泉美のことですか？」

「まあ、彼女個人のことを知らなくても、池波さんが、若い女性と結婚したいために離婚したがっているということを……」

「知らなかったと思いますね」

安積は、うなずいた。須田と桜井の顔を見る。彼らもうなずいた。

安積は形式どおりの礼を言って立ち上がった。

市原は玄関まで出て来て言った。

「その……。私が、このことをしゃべったということを、会社には内緒にしておいてもらえませんか……？」

安積が振り返ると、そこに、おそろしく疲れ果てた男の顔があった。彼も彼なりの戦いを続けているのだということを、安積はあらためて思い知らされた。

「だいじょうぶ。あなたは今夜、私たちの側についたのです。私たちはもう、あなたの味方なのですよ」

安積はすぐに背を向けたので、市原がどんな顔をしたのかはわからなかった。彼は、市原が安堵の表情を浮かべていることを祈った。

「さて、係長が読んでいたとおり、久保田泉美を通して、ふたつの殺人事件がつながったわけですが……」

マークIIのハンドルを握っている桜井が言った。

「いったい、どういうふうにつながっているかが、さっぱりわからない。係長にはわかっているんですか？」

「そうあせるな」

後部座席に体をあずけた安積は言った。「空振り続きだった私の班がようやくヒット一本打ったところなんだ。まずは、ランナーを二塁に進めることだ」

「ますます計画的な犯罪ということが明らかになってきましたね」

助手席の須田が言った。

「そうだな……」

安積は、相楽たちが重要参考人として署へ連行してきた少年のことを考えていた。

相楽を説得して、少年を解き放たせるだけの材料を、果たして自分たちは手に入れたのだろうか？　それとも、自分たちは間違った地図に従って進んでおり、相楽の考えのほうが正しいのだろうか？

安積は、ここで迷ってはいけないと、きつく自分に言い聞かせた。

疑うべきものと信ずるべきものを、はっきりと区別しなければいけない。

法的には参考人は任意同行なのだから、強制的に拘束しておくことはできない。しかし、刑事がその気になれば、何でもできる。相楽なら、あの少年を徹底的に絞り上げるだろうという気がした。

このまま帰宅する気にはなれなかった。あの少年がどうなったのか、確かめておきたかったのだ。

「捜査本部へ戻ってくれるか」

安積は桜井に言った。

「わかりました」

桜井の声には、怨みがましさは露ほども感じられなかった。新人類が身勝手だなどと言い出したのは誰なのだろう。安積はふと思った。

高輪署の駐車場にマークIIが到着したのは、午後十時二十分だった。

捜査本部には、本庁の刑事がくたびれ果てた体で椅子にもたれていた。安積が入って行っても、姿勢を正そうともしなかった。

安積は、自分への伝言があるのに気づいた。奥沢警部補からの電話連絡だった。

『収穫なし。直帰する。午後九時三十分』

安積は、そのメモを丸めて、くずかごへすてた。

「重要参考人の少年はどうした?」

安積は、本庁の刑事に尋ねた。

「尋問していますよ」

彼は平然と言った。「俺たちが交替で」

安積は急に疲れを覚えた。

「相楽さんはどこだ?」

「取調室ですよ」

「おまえたちは、もう帰っていいぞ」

安積は、須田と桜井にそう言いおいて、廊下へ出た。

廊下のつきあたりが刑事部屋で、取調室はその並びにあった。いくつかあったが、相楽がいる部屋はすぐにわかった。部屋の外に、高輪署の若い刑事が立っていたからだ。捜査会議のときに安積に睨まれた刑事だ。

安積は彼に言った。

「相楽警部補に話がある。呼んでくれ」

高輪署の刑事は、しばらくためらっていたが、結局、安積の言うとおりにした。

「何だね、用というのは?」

相楽警部補のひげが伸び始めていた。髪は乱れ、服装もだらしなく崩れている。眼だけが異様な光りかたをしていた。

一種の興奮状態にあるのだ。

「重要参考人の件です。この尋問は、明らかにやり過ぎだと思いますが……」

「ほう、そうかね」

相楽は挑むように安積を見つめ、笑いを浮かべた。楽しんでいるようにさえ見えた。

「だが、効果はあると思うがね。もう少しでやつは落ちるよ」

安積は心底驚いた。

「自白するというんですか」

「ああ。もう時間の問題だ」

「そんな自白は、裁判では役に立ちませんよ」

「立派に役に立つさ」

相楽は言った。「納得できる情況証拠をそろえる。それに供述書だ。今夜中に吐かせて、明日、午前十時の受付開始と同時に裁判所へ駆け込み、逮捕状（オフダ）を取ってくる。明日は一日のんびりできるよ」

「重要参考人の少年をすぐに帰宅させるよう忠告します」

相楽は笑いをさっと消し去った。

「これが私のやりかただ。口を出すな。手柄を取られそうになって、捜査の妨害に来たのか？　え？　返答しだいによっては、ただじゃおかんぞ」

安積は、この男には絶対に警部になってほしくなかった。

「あの少年は、犯人ではあり得ません。これ以上無理な取り調べを続けるのは、明らかに人権侵害となります」

「人権侵害だって？　そいつは弁護士の考えることだ。警官はそんなこと考える必要はないんだ。それに、今、あんた、おもしろいことを言ったな。あの少年は犯人じゃない、と。なぜそう言える」

「この事件の主犯を知っているからです」

相楽は鼻で笑った。

「ブラフかまそうってんじゃないだろうね、湾岸分署さんよ」

「この事件は、周到に計画されたものです。その主犯は、ライブハウスの客のリストのなかにいました。名前は、久保田泉美。ニシダ建設の社員です」

安積の口調は、自信にあふれていた。しかし、それは寝技に過ぎなかった。相楽の言葉どおり、ブラフをかましたのだ。

この場は、そうでもしなければ収まりがつきそうになかった。

相楽警部補は、眉根にしわを寄せて、考え込んでいた。

やがて彼は言った。

「その話、詳しく聞かせてもらおうじゃないか」

「少年を帰宅させてください。話は、明朝の会議のときでいいでしょう」

「おい、犯罪捜査ってのは一刻を争うんだ。明日の会議まで待てというのはどういうことだ」

「計画的な犯罪だと言ったでしょう。こちらも、それ相当の態勢でのぞむ必要があるんですよ」

「自信ありげだな」

「もちろん」

相楽はまた熟慮した。

「よし、今日のところは一歩譲ろう。あの重要参考人は、一度帰すとしよう。だが、私のほうも、あの少年への疑いを晴らしたわけじゃないんだ。あんたの話に納得できなかったら、また、明日にでもしょっぴいてくる」

安積は、無言で相楽に背を向けた。

「帰していい」

相楽がそう言うのを背中で聞いた。

捜査本部の前の廊下で、須田と桜井が安積をじっと見ていた。

「なんだ、おまえたち、まだ帰らなかったのか？」

須田が言った。

「ねえ、チョウさん。この事件の主犯が久保田泉美だって話——ありゃ言い過ぎだったんじゃないですか？」

「聞いてたのか？」

「気になったもんでね。あの本庁の警部補と喧嘩にでもなりゃしないかって……」

「ああ言うしかなかったんだよ。明日の会議まで、せいぜい頭を絞るさ。さ、帰るぞ」

須田と桜井は、そっと顔を見合わせた。

## *15*

安積が自宅のドアに鍵を差し込んだとき、かすかに電話のベルの音が聞こえてきた。ドアを開けると、安積の家の電話が鳴っていることがわかった。

彼は靴をはいたまま、リビングルームへ駆けて行った。しかし、受話器に手を伸ばしたとたんに、ベルは鳴りやんだ。

安積は、ぐったりとソファに身を投げ出し、靴を脱ぎ始めた。

電話というのは不思議なものだと安積は思った。いつどんなときでも、受話器を取らずにはいられない。例えば、今のような場合だ。

安積は疲れ切っている。何をするにもおっくうな状態だ。なのに、電話が鳴っていると思うと、それを最優先にしてしまうのだ。電話というのは、日常生活のなかに巧妙に隠されたとんでもない暴力なのではないかと彼は思った。事実、いたずら電話に悩み、電話セールスに怒る人は多い。

玄関に靴を置いてきて、台所で水割りを一杯作った。

一口、酒を飲んだとき、再びベルが鳴り出した。

仕事の電話だろうと思いながら、受話器を取った。名乗った。相手は、しばらく何も言わない。

安積は、こういうときは、自分も何も言わず、じっと耳を澄ますことにしている。相手の手がかりを得ようとする刑事の習性だ。

電話のむこうで、若い娘がくすくすと笑うのがわかった。

安積の心は一瞬にしてなごんだ。酒よりもずっと効果があった。

「涼子か……。いたずら電話をするなら相手を選べ。おまえがかけた相手は刑事だぞ」

「そうだったかしら。あんまり長い間会ってないんで、お父さんが何をやってるのか忘れてしまってたわ」

「ちょっとまえに電話したのもおまえか?」

「そう。そのまえにも何度も」

「そりゃすまなかったな」

「ずっと仕事をしてたの?」

「ああ。そうだ。父さんにはほかにやることがないんだ。わかるだろう」

「よくわかるわ。その点、たぶん、お母さんより私のほうが理解していると思う」

「ほう……。それはありがたい。いつ、どんな場合でも、理解者はいないよりいるほうがずっといい」

「なぜ、お母さんより私のほうが理解できるのか、理由聞きたくない？」

「聞きたくないな」

「はっきり言うのね」

「いつでもそうしているつもりだ」

「でも、私は理由を話すわ。いい？　お母さんはお父さんに恋をしていた。だから耐えられなかったのよ。私は違うわ。だから、私は、お父さんのことを冷静に考えることができるの」

　おそろしいことを平気で言う娘だ、と安積は思った。妻が私に恋してただって？

「何をどう理解してくれているんだ？」

「お父さんは、何よりも誇りが大切なんだわ。お金よりも、快楽よりも、ひょっとしたら、命よりも」

「そんなことはあるもんか。父さんだって死ぬのはごめんだ」

「いいえ。たぶん、誇りを守るためなら、きっと他のものを犠牲にするはずだわ」

「何の誇りだ？」

「警察官としての誇り。男の誇り。人間としての誇り――すべてよ。とにかく、お父さんの価値観はそれで決まるのよ。お父さんにとっては、警察は誇りを守るために最も手近で有効な手段なんだわ。だから、きっと、家庭よりも仕事を大切にしたんだわ」

「家庭より仕事を大切にしただって？　そんな覚えはないぞ」

「少なくとも、お母さんはそう思ってるわ」

「じゃあ、おまえがその誤解をといておいてくれ。お父さんの理解者なんだろう」

「おいおいね……」

「ところで、そんな話をするために、わざわざ夜の十二時近くに電話をしてきたのか？」

「いけない？」

「そう。おまえの美容のためにはよくない。だが、父さんのストレス解消のためには、たいへんよかった」

「たぶん、忘れてると思って……」

「何だ？」

「五月二十六日」

安積は、てのひらで額をぴしゃりと叩いた。そのまま、目をこすった。

「そうか。涼子の誕生日だ」

「そう。それもちょうど二十歳のよ」

「今日は何日だ？……二十四日か……。二日後だな」

「そう。できれば、お父さんに会いたいな、と思って。プレゼントなんていいのよ。ただ、一時間でもいいから、お母さんと三人で食事でもできればいいなと思ったの」

「プレゼントなんていい？　けなげなことを言ってくれるじゃないか。おまえは、父親を泣かせるコツを誰かに教わったらしいな」

「あら、誰からも教わっちゃいないわ。これは天性のものなの」

「わかった。二十六日は何とかしよう。母さんとふたりで好きな店を決めておくといい。場所と時間を連絡してくれれば、そこへ行こう」

「そうするわ。楽しみにしている。ね、ひとつ訊いていい？」

「何だ？」

「電話を取ったとき、いつもあんな不機嫌な声を出すの？」

安積はわずかに戸惑った。

彼は言った。「刑事は愛想よくしちゃいけないと法律で決まってるんだ。知らなかったのか」

「そうだ」

「二十六日、楽しみにしてるわ。たぶん、お母さんも。じゃ、おやすみなさい」

「おやすみ」

電話が切れた。

安積は、不意に、重要参考人として相楽に署まで連行されていた少年の眼を思い出した。あの暗い眼差し——。

彼は、娘の涼子と同じくらいの年齢だ。

私はあの少年を救えるのだろうか——安積は思った。すべて、明日の会議にかかっている。

そして、二十六日の夜、体をあけることなど可能だろうか。何もかも自信がなくなっていた。

水割りの氷が溶けて、すっかり薄くなっていた。一杯作り直した。飲み干すと、何も考えずに、さっさと寝てしまうことにした。

捜査本部の人数が、前回の捜査会議のときより、四名増えていた。

湾岸分署から須田が新たに参加している。高輪署から加わった部長刑事は、昨日、安積が電話番の当番作りを言いつけた男だった。森田という名だ。

彼は安積を見ると、苦笑に似た笑顔を見せた。その笑いには憎悪ではなく、明らかな親しみが込められていたので、安積は安心した。

相楽は、本庁捜査一課から二名の若い刑事を連れて来た。

高輪署の森田が、安積の班に加わり、本庁の二名の刑事が相楽の班に入った。

会議が始まり、本庁の荻野部長刑事が、重要参考人の少年について説明を始めた。森田部長刑事と、新しく加わった本庁のふたりの刑事だけがせっせとメモを取っている。

「何か質問は？」

本庁の荻野は、その言葉で報告を締めくくった。

　安積は、そっと一同の顔を見回した。一様に難しい表情をしている。相楽の班の連中もだ。本当は、にやにやと笑いたいに違いないと安積は思った。

「青酸カリを手に入れるつてがあるというだけじゃ、根拠として弱過ぎるんじゃないのかね」

　高輪署の係長、奥沢警部補が言った。

「しかしですね」

　荻野がこたえた。「この少年は、この夜、確かに『エチュード』にいたのです。それだけでも、根拠としては充分じゃないですかね。客、従業員すべてのなかで、青酸カリとつながるのは、こいつだけなんです。これなら、地検も納得すると思いますがね」

「私ら、地検を納得させるためだけに捜査やってるわけじゃないよ」

　奥沢警部補はあっさりと言ってのけた。「まず、私ら自身が納得しなくちゃならん」

「つまり、この少年については、納得できないと……？」

「動機その他がまったく不明じゃないかね」

「無差別殺人なんですよ。動機など問題ではありません。やつには逮捕歴があるんですよ」

「なるほど……。だが、その少年は、どうやって殺人を実行したんだね？　これは湾岸分署さんが言い出したことだが、まず気になったのは、店内で不審な行動を取ったら、まず間違いなく店員が気づくという点だった。そうじゃなかったかね？」

荻野は言葉に詰まった。

彼は、思わず相楽のほうを見ていた。相楽は、半眼で腕を組み、奥沢を見つめていた。

彼はおもむろに口を開いた。

「その話は覚えてるよ、もちろん。湾岸分署の安積係長は、その点について、店の従業員のなかに協力者がいるのではないか、という仮説を立てた。そうだったね。この場合も、その仮説を当てはめることはできるんじゃないのかね。つまり、あの少年には店の従業員のなかに協力者がいた――それなら、犯行は可能だろう」

「事は、殺人だよ。強姦や窃盗なら、協力した人間もおいしい思いができる可能性もある。しかし、殺人の協力となると、よほどの動機がないと考えにくい。割に合わんのだよ」

奥沢は食い下がった。

「そのあたりのことをじっくり、本人から訊き出そうと思っていたのだよ」

相楽警部補は、安積のほうを見た。「しかし、邪魔が入ってね。やつを帰すはめになってしまった」

奥沢は、相楽の視線を追って安積の顔を見た。

「邪魔ってのは、この安積さんのことかね？」

「そうですよ」

安積が、誰とも視線を合わせずに言った。「私が、ゆうべ、帰すように忠告したんです。彼は参考人に過ぎませんでした。被疑者ではないのです」

奥沢はうなずいた。

「良識ある忠告だな」

「ほう、良識ね……」

相楽は、彼独得の挑戦的な眼差しを、奥沢と安積に、代わるがわる向けて言った。「良識で犯人(ホシ)を挙げられるのかね。今のところ、最も有力なのは、現場にいた客と青酸カリがつながった——この線なんじゃないのかね。もっとも、安積警部補は別の説をお持ちのようだが、私としては、すぐにも会議を終えて、あの少年の監視態勢に入りたい」

「聞くべきじゃないかね、安積係長の説を」

「そりゃ聞きたいもんだよ。私の説をくつがえすほどの話らしいからね」

「安積さん……」

奥沢警部補がうながした。

安積はゆっくりと顔を上げた。

「この殺人は、周到に計画されたものだということは、何度も言ったつもりです。そして、その主犯は、客のリストのなかにいる、久保田泉美という女性です」

全員が安積に注目していた。

須田が、不安そうな眼を向けていた。

そんな眼で私を見るな。安積は心のなかで訴えかけた。私だって不安なのだ——。

しかし、彼の口調は自信に満ちていた。

「ライブハウスの殺人は、同じ日のほぼ同じ時刻に起こった、荻窪の刺殺事件と深いつながりがあります。ふたつの事件をつなぐのが、この久保田泉美という女性なのです」

本庁の刑事や高輪署の刑事たちが、ひそひそと耳打ちし合った。それが鎮まるまで安積は待った。

「このふたつの殺人を計画したのが、久保田泉美です。しかし、彼女はどちらの事件にも、直接手を下してはいません」

「荻窪の刺殺事件？」

相楽警部補が半眼のまま尋ねた。

「そうです。ライブハウスで殺人があったのと、ほぼ同じ時刻に、荻窪のマンションで、池波昌三という名の四十五歳の男性が、鋭利な刃物でめった刺しにされて、殺されているのです」

「そのふたつの事件はどうつながるというのだね」

「荻窪の被害者は、ニシダ建設という会社の営業課長でした。一方、ライブハウスの客だった、久保田泉美という二十七歳の女性は、同じくニシダ建設の秘書課につとめています」

「それで……」

相楽は一転して慎重な態度になった。

「久保田泉美は、池波昌三の愛人でした。池波昌三は、妻子と別居しておりましたが、その別居の原因となったのが、久保田泉美だったのです」

本庁の刑事たちは、また耳打ちし合った。

「別居の原因というのは、いったいどういうことかね……」

相楽は尋ねた。

「池波昌三は、久保田泉美との結婚を決意し、離婚しようとしていたのです。信頼できる筋の情報からすると、どうやら、池波のほうが夢中になっていたということです。ここからは推測ですが、池波昌三のほうが、あせって事を運ぼうとしてたのではないかと考えられます。久保田泉美にとっては、池波昌三は、妻子があるという点で、比較的安心できる遊び相手に過ぎなかったのかもしれません」

「久保田泉美は、池波昌三をうとましく思い始めた……と」

奥沢警部補が考え考え、安積を補った。「別れ話を持ち出したが、別居するところまでいってしまった池波昌三は承知しない。逆に脅迫じみたことを言われたかもしれないな。関係が明るみに出てしまうと、常に立場が弱いのは女性のほうだ。会社組織というのは、そういうふうにできているものだ」

「待ってください」

荻野部長刑事が言った。「俺たちは、荻窪の件を捜査しているわけではないんですよ。あくまで、ライブハウスで、青酸カリによって行なわれた毒殺の件を捜査しているのです。荻窪の被害者のことなんて、どうだっていいことでしょう」

「どうだっていいという言いかたはないだろう」

奥沢警部補が顔をしかめた。「ふたつの事件が関連あり、と今の安積さんの説明で明らかになったんだ」

「そう」

安積はうなずいた。「私たちも、最初から荻窪署の案件に興味を持っていたわけではないのです。捜査を進めるうちに、そこに行きついたというわけです」

「しかしね……」

相楽警部補が、考えながら発言した。「久保田泉美という女性が、池波昌三を殺す動機を持っていた――ただそのことが明らかになっただけのことじゃないのかね。そして、たまたま、池波という男が殺されたとき、彼女はライブハウスに客として来ていた……。これで、何を立証しようというのかね。青酸カリを、彼女はどこから手に入れたんだね？なぜ、彼女が、ライブハウスの被害者、藤井幸子を殺さなければならなかったんだね？藤井幸子と久保田泉美は何の関わりもないことは、何度も調べたはずだろう」

「問題は、被害者、藤井幸子の情夫だと思います。池波昌三を刺したのは、監察医の報告から、男性であることがほぼ明らかになっています。私は、池波昌三を殺したのは、藤井幸子の情夫ではないかと考えています」

刑事たちは、さまざまな反応を見せた。

驚き、戸惑い、苦笑、否定、肯定――安積はそれらの態度のどれももっともだと思った。部下である須田と桜井でさえ、驚いた顔で安積の顔を見つめているのだ。

「それはつまり……」

相楽は、難しい顔をして言った。「交換殺人ということかね……」

安積はうなずいた。

「そうです。殺す相手を交換することによって、まず動機を互いに消し去ることができます。そして、久保田泉美の場合、アリバイを作ることができるのです」

「難しく考え過ぎじゃないですか？」

荻野が苦笑しながら言った。

「いや」

安積は断言した。「これが、一番筋のとおる仮説なんです」

「では……」

相楽は驚きから立ち直り、挑戦的な眼差しを取りもどした。「その、被害者、藤井幸子の情夫というのは、いったいどこにいるのかね」

「それを、全力で捜査するつもりです」

「面白い仮説だがね。その情夫の存在が明らかになるまでは、成立せんね」

「情夫の存在は、被害者の身もと周辺の聞き込みで明らかになっています」

「だが、どこの誰かわからんのだろう。例えば、日本国内にいないことだって考えられる。そうなれば、あんたの仮説はもろくも崩れ去るわけだ」

「割り出すのは、時間の問題です」

「そう。それを祈っているよ。あんたの班は、その幻の仮説を追いかけるといい。私らの班は、例の少年の周辺を徹底的に洗って、青酸カリを手に入れたルートを解明する。いいね。さ、会議は終わりだ」

相楽の班の刑事たちが立ち上がった。彼らは相楽を先頭に部屋を出て行った。

残された安積の班の刑事は、全員、安積の顔を見ていた。

「何だ?」

安積は言った。「私の言うことが荒唐無稽だと思うやつは、むこうの班についていてくれていい」

「チョウさん」

須田が困った顔をした。「そういう言いかたって、チョウさんらしくないですよ。俺たち指示を待っているだけですよ」

「指示だと? 私の言ったことを納得したのか?」

「ずばり核心、て気がしますね」

高輪署の小野崎部長刑事が言った。「経験的直観。すべてすっきりと説明がつきます」

こいつらがいる限り、日本の警察はだいじょうぶだ——おおげさでなく、そのとき安積は本気でそう考えていた。

## 16

「久保田泉美とつながりがある『エチュード』の店員。藤井幸子の情夫。その情夫の藤井幸子殺しの動機。そして、久保田泉美と藤井幸子の情夫とのつながり。以上の点がはっきりすれば、この件は終わりだ」

安積は、彼の班のメンバーに要点を説明した。

「まずは、その藤井幸子の情夫を見つけるのが先決だね」

奥沢警部補が言った。

「そうです」

安積はうなずいた。「まず、その点に全力を傾けましょう」

「被害者のマンションだがね。ご両親が今日中に引き払う予定になっていたはずだ」

「部屋からは何も出ないでしょう。あれだけかき回しても、何も出て来なかったんですから」

「ま、完全に引き払うまえに、もう一度行ってみるつもりだがね……」

「どんな部屋なんです?」

桜井が両手で頬杖をついて尋ねた。

「平凡な部屋だね。水商売の女性の部屋にしては地味なほうかね……。ただ商売柄、洋服やアクセサリーは多かったね。リビングにはテレビとビデオがあって……。ステレオもあったな。ミニコンポというのかね、こんな小さなスピーカーの……」

奥沢は両手のひらで二十センチほどの幅を作って説明した。

「とにかく、男に関する手紙、写真——そういったものが一枚もないんだから……」

小野崎が言った。「もう一度行っても望み薄ですね、あのマンションは……」

桜井が何か思いついたようだった。それに気づいた安積が尋ねた。

「どうしたんだ？」

「好きな相手なら、写真の一枚くらい絶対に持っていたいでしょうね」

「そうだろうな」

安積は、リビングに飾ってある涼子の写真を思い出してうなずいた。

「写真に代わるものは何かないかと考えていたんです。僕たちはうっかりしていました」

「何だ」

「ビデオですよ。今、奥沢警部補が、彼女はビデオを持っていると言いました」

「ビデオカメラで映していたというのか？」

小野崎が眉をひそめた。

「違いますよ。それなら写真と同じことです。もっと別な形で記録しておいたのでしょう。藤井幸子の情夫は有名人らしいということでしたね。きっと何度となくテレビに出演していている人間なのでしょう。そして、その番組ごと録画しておけば、誰も自分の恋人を録っているとは気づかない」

小野崎が、ぱっと立ち上がった。

「まだ間に合うはずだ。ビデオテープをすべて押さえてくる」

「私も行こう」

奥沢が立ち上がった。


ふたりは三十分で戻ってきた。回転灯とサイレンの力を借りたことは間違いなかった。

安積の班は、全員でビデオのある小会議室へ移動した。奥沢と小野崎が持って来たビデオは五巻あった。すべてＶＨＳの一二〇分テープだった。

「ピクチャー・サーチで見ますよ。全部まともに見ていたら、一日が終わってしまう」

小野崎が言った。

ビデオテープのなかには、何本かのクイズ番組や、バラエティー番組、スペシャル枠の番組が入っていた。

三本目のビデオからは、すべてを見る必要はなかった。五本全部のビデオに収められているテレビ番組に共通して顔を出している人物がわかったからだ。

あるときはクイズの司会者として、あるときはスペシャル番組のレポーターとして出演している人気アナウンサー――。

「宇田川秀彦（うだがわひでひこ）……」

桜井が言った。「確か、NNSの局アナですよ、この人。ここんところ、主婦中心に人気が急上昇してるんです。あれ？　結婚説もあったはずだな……」

「おい……」

安積は驚いた。「おまえはいつからそんなに優秀な刑事になったんだ？」

「こういう情報には強いんです。週刊誌ネタ、芸能界ネタ、テレビネタなんかにはね……。新人類の特徴のひとつです」

最後の一巻をピクチャー・サーチで見ていると、森田部長刑事がうなるように言った。

「まてよ、この番組、俺、見たぞ」

「テレビ見る暇なんて、よくあったな」

小野崎が言った。

「ちょっと、普通のプレイにしてみてくれよ」

小野崎は言われたとおりにした。

相当に早口な、人気アナウンサーの声がきこえてきた。

「やっぱりだ……」

森田は、画面から眼を上げ、安積の顔を見た。

「これね、スペシャル番組なんですよ。金を特集した番組でね、投資としての金の人気や、ペーパー商法の手口から始まって、金メッキや金細工、金の精錬まで追っかけてたはずです」

森田は、しばらく画面を見ていた。「ほらここです。金の精錬所に宇田川秀彦がマイクを持ち込んでいます」

「そうか……。金の精錬所……」

奥沢がうなずいた。森田が言う。

「そうです。青酸カリです。藤井幸子の情夫はこの宇田川秀彦にほぼ間違いないと考えていいでしょう。そして、彼は、青酸カリを手に入れるチャンスがあったのです」

「チョウさんや」

奥沢がにやりと笑った。「あんたの仮説が、がぜん真実味を帯びてきたね……」

安積は言った。

「奥沢さんは小野崎くん、森田くんとNNSテレビへ行って裏を取ってください。女の側からは関係がつかめなくても、男の側からはつかめるかもしれません。被害者の写真を持って、宇田川秀彦の身辺で徹底的に聞き込みをやってください。須田、おまえもいっしょに行け。私は、荻窪署に情報交換に行ってきます。桜井は私といっしょに来るんだ」

荻窪署では、最初、部長刑事が安積たちの相手をした。

部長刑事は、交換殺人という言葉を聞いて、まるで相手にできないという顔をした。しかし、安積が、ひとつひとつ論拠を上げて説明していくと、次第に、顔がこわばってきた。

「ちょっと待ってください」

部長刑事は、応接セットを離れた。刑事部屋の向こうの隅で、誰かと話をしている。おそらく上司だろう。

その男がやって来た。警部補だった。安積は、もう一度、最初から説明しなければならなかった。

荻窪署の警部補は、しばらく安積と桜井の顔を交互に見つめていた。

「話はわかりました。確かに辻褄が合う部分は多い。お話ししたと思いますが、私たちは、顔見知りの犯行という線で捜査を進めてきました。部屋が荒らされた様子もなく、ドアや窓をこじあけた跡もないからです。しかし、捜査は、壁にぶち当たったままだったのです。交換殺人ということなら、その点の説明がつきます」

安積はうなずいた。

「こういうことが可能です。池波昌三の愛人である久保田泉美は、おそらくあの部屋の鍵を持っていたでしょう。その鍵をあらかじめ宇田川秀彦に渡しておくわけです。これは直接会う必要はない。郵送でいいんです。そして、久保田泉美は、まえもって事件当日の九時に部屋を訪ねる、と池波昌三に連絡しておくわけです」

「そして、実際に訪ねたのは、宇田川秀彦だったというわけですね」

「そうです」

「実際に、おたくの案件とうちの案件が、関連を持っている可能性があるわけだから、共同捜査という形を取るのが当然ということになるんでしょうなあ……」

安積は相手が何を言いたいかがよくわかった。

「実際に、どちらが手錠をかけるかという問題ですね」

「あ、いや……」

荻窪署の警部補はわずかに姿勢を正した。

「そういうことにこだわっているわけじゃないんですよ。どっちの手柄になる、とかね……。事件解決がまず第一ですからね……。しかし、捜査員の士気というか、やる気に響く問題でしてね」

「確かにそうですね」

安積はその点は決して否定できなかった。たいていが、他の所轄署のアシストに回る、ベイエリア分署の刑事捜査係長であるだけに、無視できない問題だった。「しかし、その点は、もう本庁に任せるしかないじゃないですか。すでに事件は、複数の所轄にまたがってしまっています」

警部補は、曖昧にうなずいた。

「ま、そういうことでしょうな。今夜にでもさっそく、臨時の捜査会議を開いて、今の話を報告することにします」

「捜査は、充分に注意して進めたいのです。これだけの犯罪を計画している相手です。うかつに手を出して、ぶちこわしにはしたくありません」

「だいじょうぶ。心得てますよ」

安積は、この警部補を信用することにした。彼は、間違いなく刑事の面がまえをしていたからだ。

きっと貧乏くじをずいぶん引いてきたに違いない。安積は思った。ちょうど、私のように……。その経験が、先ほどの発言につながったのだろう……。

安積と桜井は、荻窪署をあとにした。

安積は、桜井を捜査本部に向かわせ、自分は、湾岸分署の刑事部屋へとやってきた。たった一日はなれていただけなのに、妙になつかしい気がした。同時に、そこが間違いなく自分の城であると思った。

村雨も、今日ばかりはかわいい部下に見えた。

「あ、係長」

村雨が言った。「いや、もうてんてこ舞いですよ」

「おまえが音を上げるのを、初めて聞いた気がするぞ」

「音を上げてるのは俺じゃなくて、黒木と大橋ですよ。あいつら、一日中飛び回ってます」

「ほかの署と所轄がだぶるところは、なるべくむこうの所轄にまかせるんだ。いちいち付き合ってたら、湾岸分署はつぶれちまうぞ」

「いいんですか？」

「いい」

安積は自分の机の上に、三枚のメモがセロテープで張り付けてあるのを見た。

そのうちの一枚は、娘の涼子からの連絡だった。

『二十六日、七時。表参道、ビストロ・ハナ』

安積は、そのメモ用紙だけをポケットに入れた。あとの二枚は読んですぐに丸めて捨てた。町田課長からの伝言だった。二枚とも同じ内容。

『ライブハウス殺人事件、捜査の進展を報告せよ』

込み入った事情を説明するのがひどく面倒で、安積は町田課長に会わずに出かけることにした。

彼は、村雨に近づき、町田課長の小部屋まで聞こえないように言った。

「じゃあ、私は、高輪署の捜査本部へ行ってくる。いいか、黒木と大橋を少しは休ませておけ。おまえもだ。いざというときは、全員に招集をかけるからな」

「高輪署の案件、大詰めなんですか?」

「いや……。だが、近いうちにそうなる」

午後三時。奥沢警部補ら四人が上機嫌で捜査本部に帰ってきた。

「裏が取れたよ」

奥沢のひとことは安積にとって福音に聞こえた。

「最近の男どもは口が軽い」

奥沢は言った。「そして、平気で同僚をチクるんだ。テレビ局のなかを嗅ぎ回ったら、宇田川秀彦のスキャンダルが出るわ出るわ……。水商売の女と付き合ってるという話もすぐに聞き出せたよ。藤井幸子の写真を何人かに見せて確認を取るのに、それほど時間はかからなかった」

「それにね、チョウさん」

須田が興奮気味に言った。「桜井の言ったこと、本当でしたよ。宇田川には今、結婚話が持ち上がっていましてね。相手が、NNSテレビの重役令嬢だというんです。どうです、これって、動機になるんじゃないですか?」

「藤井幸子は、本気で宇田川に惚れていた。宇田川は、藤井幸子が邪魔になった……。そういうわけだよ」

奥沢が言った。

安積はうなずいた。

「しかし、それだけだったら、殺人など犯さなかったでしょうね。もし、久保田泉美の計画がなかったら……」

「魔がさすときってのは誰にもあるもんだ。だから犯罪が減らない。さて、安積さん。ここまで来れば、何とか裁判所を説得して逮捕状が取れると思うがね」

安積は一同を見回した。

「すまないが、私のわがままを聞いてくれますか?」

「何だね?」

奥沢が尋ねた。安積は彼のほうを向いた。

「宇田川の逮捕は、荻窪署に任せたいんです」

五人の刑事たちは、互いに顔を見合った。

「どういうことだね?」

奥沢が五人を代表して言った。

「宇田川秀彦が実行したのは、あくまで荻窪署管内での殺人事件なのです。荻窪署の連中も捜査本部を作って必死に犯人(ホシ)を追っているのです」

「なるほどな……」

奥沢は、かぶりを振った。「ここで私らが宇田川を挙げたら、トンビにアブラアゲって気分になるだろうな」

「その代わりに、久保田泉美は、必ずわれわれが挙げます」

「まあ、それが筋かもしれんな。私はかまわんよ。事件が解決するんなら、誰が犯人を挙げようと同じことだ。だが問題は、この若い連中だよ」

安積は、須田、小野崎、森田、そして桜井の順に見回していった。

須田が言った。

「そうですね。宇田川は荻窪署に任せたほうがいいかもしれませんね。俺たちは、まだやることがたくさんあるんです。久保田泉美と『エチュード』の店員のつながり、そして、久保田泉美と宇田川の接点を見つけなきゃならんのです」

　小野崎がうなずいた。

「宇田川を引っ張ってきてもこっちには物的証拠がない。荻窪署の捜査本部には、多少なりとも、取り調べの材料となるものがそろってるでしょう」

　桜井が言った。

「宇田川を逮捕しても、自白を取るには少なからず人手と時間がかかりますもんね。今の僕たちには、その両方が惜しい」

　森田が三人の刑事を見てから言った。

「俺はどっちだってかまわんさ。今日から捜査本部に参加したばかりだ」

　安積はうなずき、荻窪署に電話した。さきほど会った警部補を呼び出して、詳しく説明した。

　荻窪署の警部補は驚き、言った。

「あんたみたいな刑事は初めてですよ」

　安積が電話を切ろうとした。

「待ってください。まだ、礼を言ってませんでした」

「そんなつもりで情報を提供したんじゃありません。いいですか。宇田川に関してはそちらに任せたんですよ。絶対にミソをつけんでください。宇田川逮捕にしくじったら、この交換殺人事件全体の解決に響くのです」

「わかっています。だが、やはり礼を言います」

電話が切れた。

## 17

須田と森田は、執拗な聞き込みを繰り返すために『エチュード』へ出かけていった。

彼らは、久保田泉美とつながる『エチュード』の従業員を見つけようとしているのだった。

奥沢、小野崎のコンビは、久保田泉美が住むマンションの付近で聞き込みを始めた。久保田泉美は、小田急線の経堂(きょうどう)駅から南側へ十分ほど歩いたあたりに住んでいる。住所は、桜二丁目。皮肉なことに、すぐ近所に警視庁の寮があった。

安積は、制服警官をひとり捜査本部の留守番に置き、桜井とともにニシダ建設へ向かった。

今度は、ニシダ建設本社ビルに威圧されるようなことはなかった。

受付嬢に、久保田泉美への面会を申し入れた。

「お約束ですか?」

受付嬢は反射的にそう尋ねてしまった。すぐにそれが失敗だったことに気づいたらしい。

ぎこちない笑みを浮かべた。

安積は言った。

「いいえ。約束はしていません。通常、私たちは、あまりアポイントを取らずに訪ねるのです」

受付嬢は、すぐさま、カウンターの下にある電話に手を伸ばした。

五分ほど待たされた。

久保田泉美は、菅原という名の広報担当の重役といっしょに現れた。

「私は、久保田泉美さんだけに面会を申し込んだはずですが……」

安積は菅原を見すえて言った。

「私には、わが社から外へ出る情報を管理する責任があるのです」

「いいですか？　私たちは取材に来たわけではないのです。これは、殺人事件の捜査です。つまり、あなたの責任の埒外（らちがい）だということです。さ、わかったら、久保田泉美さんおひとりと話をさせてください」

菅原は反論を試みようとした。

しかし、安積の眼差しがそれを許さなかった。民間人には、ちょっと真似のできない眼つきだった。

菅原は、久保田泉美のほうに不安げな視線を送った。久保田泉美はかすかにうなずいたようだった。

「勤務時間中ですからね」

菅原は、安積と眼を合わせないようにして言った。

「手短かにお願いしますよ」

彼はエレベーターホールのほうへ去って行った。

「こちらへどうぞ」

久保田泉美は、前回とは別の応接室へふたりの刑事を案内した。

彼女は、膝をそろえ、手を組んだ。安積たちのほうから話し始めるのを待っている。

私たちの出かたを探ろうとしているのだろうか。安積は考えた。それとも、ただ単に、ひかえめな態度を取っているだけなのだろうか。

優秀な刑事は、例外なく実践的な心理学者だと言っていい。彼女は、その刑事に心理戦を挑もうというのだろうか。

迷いは禁物だった。安積は、彼女が自分たちとの戦いを決意していると判断した。

「私たちは、池波昌三さんを殺害した犯人をつきとめたと考えています」

安積は言った。

久保田泉美は眼を上げた。驚きの表情を浮かべている。だが、その驚きは抑制されたものだった。演技かもしれないと安積は思った。

「本当ですか？」

「はい。通常ですと、逮捕まえの容疑者の名前は明かせないのですが、あなただけには、お教えしておこうと思いましてね」

彼女は戸惑いの表情になった。

「なぜ、私に……」

「関心がおありでしょう？　池波さんを殺した犯人なのです」

「同じ会社の人間が殺された、という意味では……」

「いや、私はそれ以上の意味で言っています。関心という言葉もひかえめでした」

「どういう意味ですの？」

「あなたと池波昌三さんは、深い関係を続けていらした。恋人が殺されたんです。犯人を知りたいと思うのは当然だと思いましてね」

彼女の表情に変化はなかった。あいかわらず戸惑いの表情を浮かべている。

「何のことかわかりませんわ……。第一、刑事さんたちは、ライブハウスで起きた殺人を捜査されていたんじゃないのですか？」

「そうです。確かにライブハウスの毒殺を担当しています。ところが、事件の夜の客のリストのなかに、あなたの名前があった。そして、同じ夜の同じ時刻に、あなたと同じ会社の人が殺された。調べてみると、その人はあなたと愛人関係にあった——経緯を説明すると、そういうことになります」

彼女は無表情になった。たいへん冷たい印象を与えた。笑ったときとは大違いだと安積は思った。

彼女が何も言わないので、安積は続けた。

「つまり、今でも私はライブハウス殺人事件のことを調べて回っているわけです」

「あの夜のことは、もう何度もお話ししました。それ以上、何もお話しすることはありません」

「そうでしょうね。だが、私には、あなたが何かを隠しているように思えてしかたがないのです」

「思い過ごしですわ」

「不思議な人ですね」

「何がですか……?」

「私は、犯人と思われる人間をお教えしましょうと言った。なのに、あなたは、その名前をいっこうに尋ねようとしない。そういう場合は、ふたつのことが考えられるのですよ。まったく関心がない場合がひとつ。そして、もうひとつは、すでに犯人が誰か知っている場合です」

「そうとは限らないと思いますわ。でも、私の場合、刑事さんがおっしゃったひとつめの条件に近いかもしれませんわ」

「ほう……。池波昌三を殺した犯人に、興味がない、と?」

「人並み以上の興味はないという意味です。もちろん、好奇心はおおいに刺激されますわ。つまり、私と池波昌三は、刑事さんたちがお考えになっているような関係ではないということです」

「愛人関係を否定されるのですか？　こちらには有力な証言があるんですがね」

「否定します。一般的に言われている愛人関係という意味でなら——。確かに、私と池波昌三は半定期的に肉体関係を持っていました。しかし、ただそれだけのことです。私は、彼にそれ以上の何も望みませんでした」

「池波さんのほうはどうだったのでしょう。あなたとより深く結ばれたいと願っていたのではないでしょうか？」

「あの人は保守的な考えをするタイプでした。つまり、自由な形の男女関係を維持できないのです。そういうものを不安定なものと感じているようでした」

「しかし、あなたはそうではない……と？」

「はい。女は、結婚、恋愛に縛られがちです。でも、私はそんな必要はないと信じています」

「あなたと池波昌三さんの間で、そのへんの考えの違いが原因となって争ったようなことはありませんか」

「滅多にありません。ふたりで逢(あ)うとき、私は常に、彼に言葉以上の満足を提供しましたから。私の言っている意味、おわかりでしょう？」

「わかります」

「……で、どんな人ですの？」

「……え？」

安積は、彼女が言う男女関係について真剣に考え始めていたため、虚をつかれたような形になった。

彼女は、かすかに笑った。

「犯人ですわ」

笑った！　彼女はまた笑った。その点が安積にとって問題だった。彼女は敗北のことは考えていないのだ。

「宇田川秀彦というタレントのようなアナウンサーをご存じですか？」

「知っています。最近は、ずいぶん人気がでてきたようですわね」

「私たちは、彼が池波昌三さんを殺したのだと考えています」

久保田泉美は、眉を寄せた。

「人気アナウンサーが、池波さんを……？　でも、なぜ？」

「それはまだわかっていません」

安積は嘘をついた。「あなたは、何か心当たりはありませんか？」

「いいえ。池波と宇田川秀彦が知り合いだったなんて、聞いたこともありませんでしたわ」

「知り合いだったかどうかは別として、何かの関わりがあったのでしょうね」

「そうですね。でも、残念ながら、私は、何も知りません」

「なるほど。確かに残念な話です」

安積は突如、話題を変えた。「『エチュード』に知り合いはいらっしゃらないと、まえに言われましたが、間違いありませんね」

「はい。『エチュード』には二度しか行ったことがないのです」

「店内で、誰も話しかけてきませんでしたか?」

「いいえ。誰も」

「店の人とも話はしなかった……?」

「していません」

「あなたは、中島という店員から煙草を買いましたね」

「確かに煙草は買いました。でも店員の名前なんて知りませんでした」

「そのときも、話はしなかったのですね」

「煙草の銘柄を指定して、お金を渡しただけですわ」

「銘柄は?」

「バージニアスリム」

安積は、うなずき、しばらく彼女を眺めていた。話をしているうちに、ふたつの殺人を計画したのはこの女性だという確信が強まった。

彼女がさきほど話した自由な男女の関係――彼女がそういうものを求めているというのは嘘だ。安積はそう思った。

久保田泉美は、おそろしくプライドが高い女だ。そして、おそらくたいへん執念深い女だ。現代的な男女観は、それをカムフラージュするための演技に過ぎない。

そうだ。この女は、常に演技を続けているのだ。安積はそう考えると、なぜか悲しい気がした。本当の顔、真実の感情など、もう忘れ去ってしまっているかもしれない。そういう人間は、しばしば、手強い犯罪者となる。

しかし、人がそうなるには、必ず原因があったはずだ。安積は、なるべくそういうことを考えまいとした。でなければ、彼の仕事はつとまらない。

安積は立ち上がった。

「また、うかがうことになると思います、たぶん」

久保田泉美は立ち上がらなかった。

ふたりの刑事は、彼女を残して応接室を去った。

「あんなに手の内を明かしちゃっていいんですか?」

桜井はマークIIのなかで安積に尋ねた。

「一般の人は、警察がいかに短時間に多くの事実を探り出すかということに驚く。犯罪者ならなおさらだ。驚き、そして動揺する。久保田泉美のようなタイプは、揺す振りをかけ続けなくちゃいかん。こっちがどこまで知っているかを教えてやったほうがいいんだ。そのうち、こちらの手札が読めなくなって、あわて出す」

「そこで尻尾を出すというわけですか?」

「まあ、理想的にはね。そうはなかなかうまくいかないのが世の常だ。そのときは、相楽警部補の手を真似るのも悪くないな」

「本気ですか?」

「本気だとも。それで、事件が解決するならな」

安積が捜査本部に戻ったのは、五時十分前だった。伝言があった。荻窪署の例の警部補からだった。電話をくれという。

安積は、メモを見るとすぐに電話した。相手が出た。

「湾岸分署の安積です」

「申し訳ない。安積さん。宇田川秀彦の逮捕状が取れなかった」

「どういうことです?」

「裁判所の判断なんです。本人の犯行を特定するに足りる証明が希薄だというんですよ。こっちも、事務官相手に食い下がったんですけどね。だめでした。おそらく宇田川秀彦の社会的な知名度が影響しているのでしょう。宇田川逮捕ということになったらおそらく世の中大騒ぎでしょうからね。誤認逮捕などだったりしたら、収まりがつきません」

「しかし、話がマスコミに洩(も)れてからだと、ますます動きが取れなくなります」

「わかっています。今、手の空いている捜査員総出で、疎明(そめい)資料を作り直しています。明朝一番にまた裁判所に駆け込むつもりです」

「何とかしてください」

「やるだけやってみます。明日、また連絡します」

安積は、珍しく感情をむき出しにした。受話器を叩きつけるように置いたのだ。

桜井が驚いて尋ねた。

「どうしたんです?」

安積は説明した。

話しているうちに落ち着いてきた。裁判所が言うことも、もっともかもしれない。私はあせり過ぎていたのだろうか――ふと安積は思った。

「明日、いい知らせが来ることを祈るしかないですね」

桜井が言った。

「そうだな。宇田川逮捕は、久保田泉美に対して、最高のプレッシャーとなるはずだからな」

「ふたりは連絡を取り合うでしょうか?」

「連絡を取るとしても電話でしか話さないだろうな。こういうときは、本当に盗聴をやりたくなるな」

「連絡を取っても、動きようはないはずですよね」

「ああ。おそらく、荻窪署の連中が張り込んでるだろうからな。それだけが救いだ」

そのとき、勢いよく、相楽の班の連中が帰ってきた。

「話がある」

安積は、相楽に言った。

次の瞬間、連中が昨日の少年を連れているのを見て啞然とした。「いったい、どういうことなんです」

相楽は、内ポケットから紙を取り出して広げた。安積の見慣れた書類――彼がいつも無造作にポケットにしまっておく一枚の紙。それは、逮捕状だった。

「この少年は、殺人容疑で逮捕されたんだよ。正式に勾留できるわけだ。もう、あんたも邪魔できんぞ」

安積の胸のなかで、くすぶっていた怒りが噴き上がった。

この少年と宇田川秀彦の疎明資料など似たようなものに違いない。むしろ、宇田川秀彦のほうが証明事由は多いかもしれない。それなのに、宇田川秀彦には逮捕状は下りず、この少年には下りる。

有名人宇田川の逮捕には慎重になり、無名の少年に対してはいいかげんになる。

安積は日本の司法機関すべてを呪（のろ）いたい気分になった。

「桜井」

安積は、怒りのために声が震えそうになるのを必死にこらえて言った。「宇田川のことを説明してやれ」

「宇田川？」

相楽は、安積の顔を見た。

「そうです。被害者、藤井幸子の情夫が判明したんです。NNSテレビの人気アナウンサー、宇田川秀彦ですよ」

相楽は、たいへん興味をそそられたようだった。ふたりの刑事に、逮捕してきた少年を連れて行かせると、言った。

「詳しく聞かせてもらおうじゃないか」

桜井はこと細かに説明した。

話を聞き終わると、相楽と荻野は顔を見合わせた。相楽はそれからしばらく考え込んでいた。

「しかしだね」

やがて、彼は言った。「結局、その宇田川というアナウンサーに、逮捕状は下りなかったんだろう。ということは、つまり、今のところ、まだこちらの線のほうが有力だと言えるんじゃないのかね」

安積は今や、相楽の刑事としての資質を完全に疑っていた。

相楽は、もはや意地だけで発言しているのだった。

「あの少年の尋問など無駄なことだと、なぜわからないのですか？」

安積は相楽に言った。

「無駄かどうか、じきにわかるさ。あんたのほうこそ、荒唐無稽な捜査はいいかげんにあきらめたほうがいいぞ」

安積が言い返そうとしたとき、奥沢警部補と小野崎部長刑事が戻ってきた。

奥沢が部屋の雰囲気を察して、安積に尋ねた。

「どうしたんだね」

安積は、相楽から奥沢に視線を移した。続いて、桜井と制服警官の顔を見て、かぶりを振った。

「何でもありません」

相楽と荻野は出て行った。

「放っとけばいいんだよ、安積さん、ああいう連中は……」

「いや」

安積はきっぱりと言った。「放っとくわけにはいかないのです。でないと、誰が正しいのか、誰にもわからなくなっちまうんですよ」

「あんたは楽ができない性分のようだ」

「あまりうれしくない知らせがあります」

安積は、宇田川の逮捕状が取れなかったことを話した。「しかし、相楽警部補のほうは例の少年の逮捕状を取ってきたのです。あの少年は逮捕されたのです」

奥沢は驚いた顔で安積を見た。

「今、ここにいるのかね？」

「たぶん取調室でしょう」

「逮捕歴があると言っていたからね。そのへんがひっかかったんだろうね」

「おそらく、そういうことだと思います」

「だが心配しなさんな。地検もばかじゃない。あの少年を起訴しようなどとは考えないだろう」

「そう思いたいですね。……で、久保田泉美のマンション周辺で、何か聞き出せましたか？」

「だめだったね……。空振りだよ。部屋には男出入りはなかったようだ。男を自宅へは来させなかったということだね」

安積は、久保田泉美の仮面を思い出した。ことによったら、彼女は、自分の部屋ではその仮面を取っていたのかもしれないと想像した。

「明日、また行ってみる。必ず何か見つけてくるよ」

奥沢は言った。

六時を過ぎて、須田と森田が帰ってきた。彼らは冗談を言い合っていたらしく、廊下で声を上げて笑い、部屋に入ってきた。このふたりは、きょう初めて組んだというのに、もうすっかり打ちとけている。いい組み合わせだったと安積は思った。刑事にだって楽しく仕事をする権利がある。

「ご機嫌じゃないか、おい」

安積はふたりに言った。「何かつかめたんだろうな？」

「当然ですよ、チョウさん」

須田が言った。「例の中島という店員ね。けっこうもてるらしいんですよ。それで、彼に惚れてるらしい女子従業員をつかまえて、じっくり話を聞いたんです」

「前置きはいい。要点を言ってくれ」

「女の観察って鋭いですね。特に好きな相手に対してはね。彼女、言うんです。最近、中島には女ができたって……」

「その女子従業員は、中島の相手の女性を知っているのか？」

「以前一度、店に来たときに、中島がナンパしたらしいんですよ。上品なＯＬ風で、あの店には珍しいタイプだと言ってました。そして、何と、その女、あの事件の夜も来ていたと言うんです。どう思います？」

須田がにこりと笑った。

## 18

安積は、須田の報告を聞くと、すぐさまニシダ建設に電話をした。すでに代表番号の交換業務は終了し、各部署の直通番号がテープで流れている。

安積は、人事課の番号をメモし、時計を見た。六時十五分。人事課に誰か残っていることを祈ってダイヤルした。

電話が通じた。どこにでも残業をしている人間はいるものだ。安積はその男に、久保田泉美の写真を借りたいと言った。

「ちょっとお待ちください」

相手の男は、当惑を声にあらわした。受話器が手でふさがれるのがわかった。おそらく上司と相談しているのだろうと安積は思った。

「お電話替わりました」

別の声が言った。「久保田泉美という女子社員の写真がお入り用だそうですが、使用の目的をお教え願えませんか」

「殺人事件の捜査のために必要なのです」

相手が言葉に詰まった。その機会に、安積はたたみかけるように言った。「私たちは一刻を争っているのです。貸していただけるのなら、これからすぐ車を飛ばしてそちらへうかがいます」

「写真と申しましても、社で取ってあるのは、履歴書の写真くらいでして……。ずいぶんまえの写真になりますが」

「けっこうです」

「わかりました。用意しておきます」

「助かります。ありがとうございます」

安積は、桜井にうなずきかけた。

桜井が廊下へ飛び出して行った。

桜井は四十分ほどで戻って来た。

名刺大の白黒写真を、みんなのまえに取り出して見せた。

「入社のときの写真ということは、二十歳くらいか……」

安積が言った。「さすがに若いな……」

「でも、充分本人とわかる写真ですよ」

桜井が言う。安積はうなずいた。

「よし、こいつを持って、もう一度『エチュード』へ行くんだ。私も行こう」

須田と森田が出口へ向かった。

「中島を引っ張って来るかね」

奥沢が安積に尋ねた。

「場合によっては……」

「わかった。取調室をおさえておく。他の疎明資料をそろえて、明日一番に中島という店員の逮捕状を請求できるようにしておこう」

「お願いします」

安積は捜査本部を出た。

『エチュード』へは、森田が運転する高輪署の覆面パトカーで向かった。ブルーバードだった。十分ほどで到着した。

店のドアを開けたとたんに、すさまじい音がした。派手なコスチュームのバンドが、大口径のPA装置から音をぶちまけている。

安積が入っていくと、真っ先に中島と眼があった。彼は、咄嗟に眼をそらしたが、気を取り直したように、安積のほうを向くと近づいてきた。

彼は安積の耳のそばでがなった。

「何かご用ですか？」

「店長を呼んでくれ」

安積は中島の真似をした。

中島はうなずいて、奥へ歩み去った。すぐに店長がやってきた。

安積はドアの外を指差した。店長の神田は安積の意図を理解した。安積が外に出ると、彼もついてきた。ようやく、大音響から解放された。

店の外には須田と森田が立っていた。

「何ですか……」

店長の神田が目を丸くした。「私を逮捕でもしようというんですか」

「いや」

安積が説明した。「これから、おたくの従業員の何人かに話をうかがわなければなりません。あらかじめ、あなたに断っておこうと思いましてね」

「そりゃ、どうもご丁寧に……。そこにいるおふたりは、さきほどもいらしたようだが、あれだけじゃ不充分だったのですか？」

安積は、須田と森田が、そうとうにしつこく嗅ぎ回ったことを知った。店長の口振りがそれを物語っている。

「いいえ。あの捜査によって、新しい事実が判明したようなので、それを確認に来たのです」

「いやな予感がするな。この店にとって、あまり好ましい事実じゃなさそうですね」

安積は、その言葉を無視して須田のほうを向いた。

「その女性従業員は、何という名だ？」

須田はこたえた。安積はうなずき、店長のほうへ向き直った。

「今、この刑事が言った従業員のかたをここへ呼んでくれませんか」

「わかりました。私は立ち会わなくていいんですか？」

「けっこうです」

店長が、ドアを開けて店内へ消えた。一瞬、大音響が洩れ出てきた。

須田がしみじみと言った。

「あんな音をずっと聴いていて、頭が変にならないんですかね」

「なるやつもいれば、ならないやつもいる」

森田がおもしろそうに言った。「世のなかいろいろだ」

ショートヘアの若い女性がドアから現れた。細い縦縞のシャツに、黒いスリット入りのタイトスカートという、制服姿だった。

化粧が濃すぎると安積は思った。おそらく二十歳を過ぎたばかりだろう。化粧を取ると、まだあどけなさが残っているのではないかと思わせる顔つきだった。

安積は須田と森田に目配せした。久保田泉美の写真は、須田に渡してあった。

須田は、女子従業員に笑いかけた。あまり刑事らしい態度とはいえない。しかし、須田にはふさわしく見えた。須田が言った。

「さっきの話だけどさ……」

女子従業員は、緊張してうつむいている。

「あの話だよ。中島って人が、この店で女の人と知り合いになったって話。その相手の顔、覚えてるよね」

「ええ……」

小さな声だった。

「この写真、見てほしいんだ」

須田は、ポケットから久保田泉美の写真を出して渡した。彼女は、両手を出してそれを受け取り、眉を寄せて見つめた。

「こんなに若い人じゃありませんでした……」

「あのね。それ、七年くらいまえの写真なんだよ。顔は、それほど変わってないと思うけど……」

女子従業員は、あらためて写真を見た。その目が、ふと大きくなった。

「そう。この人です」

「間違いないね」

「はい。でも、驚きました。警察って、どんなことでも調べ出してしまうんですね」

「まあね」

須田は、うれしそうにほほえんだ。尋問している相手に誉められてよろこぶ刑事は、須田くらいなものだと安積は思った。

安積は女子従業員に言った。

「すいませんが、中島さんに、ここへ来るように伝えてもらえませんか」

彼女は、さっと不安そうな表情になった。

「あの……。私はもういいんですか?」

「けっこうです」

彼女は、行きかけて振り返った。

「中島さん、何かやったんですか? あの殺人事件と中島さん、何か関係があるんですか」

「それはまだわかりません」

安積が言うと、いっそう不安の色を濃くして彼女は、店内に入っていった。

すぐに中島が出て来た。彼は、三人の刑事を見て、あきらかにうろたえていた。

須田が写真を見せた。

「この女性を覚えているね」

中島は、緊張に目を丸くし、喉を何度もひくつかせた。

安積たちは、このような場合、どんな態度を取るべきかよく心得ていた。何もかも知っているという顔をすればいいのだ。

「久保田泉美という女性だ」

安積が抑制された声で言った。「あなたは彼女をよく知っているはずだ」

中島の顔は、薄暗がりのなかでもわかるほど、みるみる蒼ざめていった。

「署までいっしょに来てくれて、話を聞かせてくれればありがたいんだがね。もちろん、いやだと言っても、私たちは何度でも来るし、どこまでも追っていく」

安積は言った。次の瞬間、ふと中島の態度に危険なものを感じた。追いつめられた野獣――そんな感じだった。安積の予感は当たった。

中島は、須田を突き飛ばすと、すさまじい勢いで走り去った。

咄嗟に森田があとを追った。しかし、地の利は中島にあった。細い路地に逃げ込んだ中島の姿は、たちまち消え去ったように見えた。

三人の刑事は、倉庫の裏手や、『エチュード』の周囲を駆け回った。

『エチュード』の駐車場で、突然、エンジンが吠(ほ)えた。

「車だ！」

安積は、ふたりの刑事に怒鳴っていた。刑事たちが駐車場に駆けつけたとき、黒いポルシェが飛び出してきた。

安積は、運転席に中島が乗っているのをはっきりと見た。

森田は、すでにブルーバードの運転席にすべり込んでいた。エンジンをかけ、回転灯を出す。

安積が助手席に飛び込み、須田が後部座席に転がり込んだとたんに、ブルーバードは発進した。回転灯が光り、サイレンが響きわたる。

安積は無線のマイクを取って、森田に尋ねる。

「このパトカーは?」

「高輪6」

安積はトークボタンを押した。

「移動の高輪6から警視庁、高輪6から警視庁」

すぐさま、警視庁の通信指令室から応答があった。

「警視庁から高輪6、どうぞ」

「港南ライブハウス殺人事件の容疑者のひとりが車で逃走中。車種は黒のポルシェ。現在、旧海岸通りを北へ向かっている」

安積はそれを繰り返した。

「警視庁了解。警視庁から、付近の各移動へ——」

警視庁通信指令室から、東京都内のパトカーに、安積が言った内容が繰り返して伝えられた。

「高輪3了解。現場へ向かいます」

「三田5了解。現場へ向かいます」

「中央7了解。晴海通りにて待機します」

次々と、付近にいたパトカーが連絡をよこす。パトカーは、たいていは安積と警視庁の通信を傍受しているはずだった。

突然、聞き慣れた声が無線機のスピーカーから飛び出してきた。

「交機13から警視庁、および各移動へ。逃走中の車を湾岸道路に追い込まれたい。繰り返す。こちら、交機13。逃走中の車を湾岸道路に追い込め。相手はポルシェだ」

湾岸分署交通機動隊の速水小隊長だった。

安積はマイクのトークボタンを押した。

「交機13、こちら高輪6、了解。乗務員、安積だ。黒のポルシェは、第一京浜に入り、なおも北へ向かっている」

「交機13了解」

「高輪3、手配中の車を発見追跡中。交機13の指示どおり、湾岸道路へ追い込みます」

「三田5、手配中の車を発見追跡を開始」

安積の乗ったブルーバードは、徐々に離れていくポルシェのテールに食らいつこうとしていた。

ひっきりなしに入るパトカーからの無線は、そのままカーチェイスの実況中継だ。警視庁通信指令室は、的確に、逃走中の位置を伝え続けていた。

パトカーのサイレンが徐々に集まってくる感じだった。

「中央7、手配中の車を発見、追跡開始。晴海通りを、豊洲から辰巳へ向けて移動中」

安積の車も何とか付いて行った。

街中ではポルシェの威力は発揮できない。やがて、黒いポルシェは、新木場の入口から湾岸道路へ入った。安積は、思わず小躍りしたくなった。そこは、湾岸分署の縄張りだ。そして、自慢のハイウエイパトロール、スープラ隊が待ち受けている。

「どうします?」

森田が尋ねた。

「いいからこのまま追っていけ。われわれも湾岸に入るんだ」

他のパトカーは、ポルシェを湾岸道路に追い込んだ時点で、任を解かれた。

高速に入ると、ポルシェは、みるみるブルーバードを引き離した。

後ろから、まばゆい回転灯が近づいてきて、ブルーバードを追い抜いていった。スープラのパトカーだった。安積と助手席の男の眼があった。交機隊の速水小隊長だった。

彼はいつかのように、安積に敬礼を送って行った。

安積は、ポルシェとスープラのテールを見つめているしかなかった。

はるか前方で、別のスープラが魔法のように姿を現した。路肩から飛び出して来たのだ。

そのスープラは、ポルシェの行く手をさえぎった。

ポルシェは、激しく左右に車体を振ったが、前方のスープラのパトカーは、譲らなかった。そのうち、二台のスープラのパトカーは絶妙のコンビネーションを発揮し始めた。

ブルーバードの無線には彼らのやりとりは入ってこない。彼らは、地域系ではなく、署外活動系の周波数で独自の連絡を取り合っているのだ。

やがて、二台のスープラ・パトカーはポルシェの前と右脇をぴたりと押さえた。動きの取れなくなったポルシェは、減速するしかなく、やがて停車した。

暴走族のやりかただ、と安積は思った。

ブルーバードは、ポルシェのうしろに付いて停まった。

交機隊員が、ライト棒を持ってすぐに、交通整理の態勢を作った。

速水小隊長が、ポルシェの運転席に向けてリボルバーを構えている。ブルーバードから降りた安積の顔を見ると言った。

「さ、デカ長。あんたの獲物だ」

「獲物だって? たまげたな。交機隊では、被疑者の権利など考えないらしいな」

「もちろん、そう。考えない」

速水小隊長は、にやりと笑った。安積はかぶりを振って、ポルシェの運転席の窓を叩いた。

中島は、がたがたと震えていた。自分がやったことのおそろしさに耐えられなくなっているのだ。このショックがおさまらないうちに尋問をしようと安積は思った。

中島がドアを開けて出てくると、安積が手錠をかけた。

速水小隊長は満足げに言った。

「こういう光景を見たいと思っていたんだ。うちのデカ長が、犯人を挙げる瞬間をな」

「おまえさん、本当に、いやなやつだな」

「知っている。だが頼りになるだろう」

「その点は認めるよ」

交機隊員がポルシェを移動させていった。二台のスープラも、それといっしょに去って行った。とたんに、車の流れが多くなった。

別のグループが、どこかで交通規制をしていたのだろう。

残った交機隊員は、ブルーバードが発進するまで、一車線を空けるよう交通整理してくれていた。

ブルーバードが通るとき、交機隊員は、くずれた感じの敬礼を送ってきた。珍しいことに、安積は、そのリラックスした雰囲気に、好感を抱いていた。

歴戦の兵士――そんな気がしたのだ。

中島の取り調べに時間はかからなかった。すでに彼は、罪の意識におびえ切っていた。

そこで安積は助け舟を出した。自分たちが本当につかまえたいのは、殺人を計画した久保田泉美であり、そのための情報を提供してくれれば、裁判の際に有利になると持ちかけたのだ。

これはたいへんな効果があった。

「俺は利用されたんだ」

中島は言った。「確かに俺は、彼女から薬を渡された。写真を見せられて、その写真の女が店に来たら、その女のドリンクに薬を入れるようにと言われた。でも、あんな猛毒だなんて思わなかったんだ。彼女も、腹痛を起こす程度の薬だと言ってたんだ」

中島と久保田泉美は数回性交渉を持っていることがわかった。中島が彼女に夢中なのは明らかだった。飼い犬のように言いなりだったのだ。久保田泉美がなぜ殺害場所に『エチュード』を選んだのか、これで判明した。

九時過ぎに、安積は中島の証言の概要を荻窪署に電話で伝えた。

「明日は、私たちも逮捕状を請求しなければなりません」

安積は電話で言った。「中島は緊急逮捕だったので、明日逮捕状をもらってこなければならないのです。そして、中島の供述をもとに、久保田泉美の逮捕状も請求するつもりです」

「わかりました」

荻窪署の警部補は言った。「こちらも、今度こそは何とかするつもりです」

電話を切った。

安積たちは、今度は、書類との戦いを開始した。

# 19

安積たちは、真夜中まで書類作りに専念していた。

相楽警部補が、取調室から戻ってきて眉をひそめた。

「何をやってるんだね」

安積は顔を上げた。

「中島という『エチュード』の店員を緊急逮捕したんですよ。そのための逮捕状請求の書類を作ってるところです」

「それとね」

奥沢が付け加えた。「中島と久保田泉美の関係が明らかになった。中島は、久保田泉美に命じられて毒を入れたと供述したんだ。それをもとに、久保田泉美の逮捕状も請求するつもりです」

そのときの相楽の顔は見ものだった。

目を見開き、口を真一文字に結んだ。あめ玉を丸ごと飲み込んでしまったような表情だった。安積は、正直言っていい気分だった。

相楽は何も言わずに、安積たちに背を向けると、廊下へ出て行った。

須田や小野崎がくすくすと笑った。安積は、そのときばかりはとがめなかった。

「これだけそろえば、逮捕状は下りるだろう。問題はそのあとだね。最後の難問がひとつ残っている。検察はその点で渋い顔をするだろうね」

奥沢警部補が言った。彼のまえにある灰皿は吸いがらの山になっていた。

安積はうなずいた。

「私もそのことを考えてみました。久保田泉美と宇田川秀彦のつながりですね。それが明らかにならないことには、この交換殺人を立証したことにはならないのです」

「宇田川というのは有名人だ。そこが明らかにならない限りは、逮捕も見合わせたほうが賢明かもしれんね……」

安積は考えた。

これまでの捜査では、久保田泉美と宇田川秀彦のつながりは、何ひとつ見つかっていない。もちろん、ふたりを逮捕して、自供させる手もあるが、これだけ計画的に事を運んだふたりのことだから、逆にその一点だけを楯にして頑張ることも充分に考えられる。

「ふたりはどこかで必ず会っているはずですよね」

小野崎が言った。「ふたりは、互いに殺人の動機を持っていた。そのことを知り、その動機を交換したんです」

「そう……」

須田が難しい顔をして小野崎のほうを向いた。

「人間がそこまで話し合うってことは、つまり、会ったのは一度や二度じゃないってことですよ」

「どうかな……」

桜井が言った。「ふたりのつながりが、絶対にばれない――その自信がなければ、こんな交換殺人など実行できなかったでしょうね。つまり、そこが、この計画の重要なポイントですよ」

「おまえ、何が言いたいんだ?」

須田が目をしばたたいた。

「誰もふたりの関係を知らない。それどころか、ふたりが会ったところを誰ひとり見ていない――そういう自信があったはずです」

「矛盾するなあ……」

森田が言った。「須田さんが言うには、ふたりは、何度も会っていなければならない、と……。で、桜井くんは、ふたりが会っているところは、絶対に人に見られていないはずだと言う。絶対に人に見られずに会うなんてことが可能ですかね」

「注意深くやれば不可能じゃないだろう」

小野崎が言う。

「いや、不自然だよ。つまり、そうなると、ふたりは、知り合うまえから、互いに交換殺人のことを考えていたみたいじゃないか。少なくとも、初めて男女が知り合う場所ってのは、たいていは、どこか公共の場所だろ？　そこには必ず他人の眼がある。そして、ふたりがどこかで知り合ったという事実は、必ずどこからか俺たちの耳に入るはずだ。しかし、誰もそれを知らない」

「そう」

桜井が言った。「まるで、ふたりは一度も会ったことがないみたいなんです」

桜井のその言葉は、全員に軽い衝撃をもたらした。

「とにかく」

安積は決断した。「確かに物証は少ないが、情況証拠は充分だし、供述もある。私たちとしては、できるだけ早く全員逮捕という方針でいきたい。明日中に、久保田泉美を逮捕する。ふたりの関係については、その後に追及することにしたい」

全員はうなずいた。しかし、どこか割り切れない表情をしていた。桜井のひとことがひっかかっているのだ。安積もそうだったが、それにこだわってばかりいると、捜査の手続きが進まない。

午前二時ころ、すべての書類ができあがった。安積の班は、いったん引き上げる準備を始めた。皆、疲れ果てていた。

安積は、ふと、相楽たちのことが気になったが、無視することにした。

「さっきの話ですがね……」

須田が言った。「不可能じゃないと思いますよ」

安積は訳がわからず、須田の顔を思わず見つめた。

「何の話だ？」

「桜井が言った話ですよ」

他の全員が、手を止めて須田に注目するのがわかった。安積は、そんな雰囲気を察しつつ、尋ねた。

「どういうことだ？」

「ふたりが一度も会わずに知り合うって話ですよ」

安積は黙って話の先をうながした。

須田は言った。

「ほら、俺、パソコンが好きでしょ。それで、俺も始めようと思ってるんですけど、パソコン通信というのがあるんですよ。あるネットワークにアクセスして、相手を探すんですけどね。これ、言ってみれば、昔のアマチュア無線みたいなもんでしてね、不特定多数の相手と知り合うこともできるんです。そして、アマチュア無線は、他人に傍受されるけど、パソコン通信ならそんな心配はない」

「おまえらしい思いつきだな……」

安積は考えた。「しかし、そのネットワークを使用するためには、双方が登録か何かをしなければならないんじゃないのか？」

「ええ。そのネットワークにアクセスするためのコードが必要です」

「だとしたら、そこから足がつく。……まあ、調べてみる価値はあるかもしれんが……」

「俺、調べてみましょうか？」

「そうだな。たのむ。いずれにしろ、明日だ。さ、明日は、捕り物だぞ」

刑事たちは、ほんの短い休息のために家路についた。


翌朝、十時に、ベテランの奥沢と須田が裁判所へ行き、逮捕状の請求書類を提出した。

安積、桜井、小野崎、森田の四人は、ニシダ建設本社前で待機していた。

十二時を過ぎて、昼休みになり、ニシダ建設の社員が、食事のためにぞろぞろと外へ出かけて行く姿が見られた。

「手間取ってますね」

小野崎がひとりごとのように言った。

十二時三十分ころ、奥沢と須田が合流した。

奥沢は何も言わず、懐から、久保田泉美の逮捕状を取り出し、安積に手渡した。

安積はうなずいた。

奥沢が言った。

「チョウさん。荻窪署の逮捕状もいっしょに下りましたよ」

「よし」

安積はきっぱりと言った。「午後一時に逮捕する」

須田と森田が車のそばに残り、あとの四人が、エレベーターで秘書課へ向かった。

午後一時、久保田泉美は逮捕された。

彼女は決して取り乱さなかった。胸を張り、マークIIの後部シートに乗り込んだ。刑事たちが、執事のようだと安積は感じた。

ほぼ同時刻、宇田川秀彦が荻窪署に逮捕されていた。こちらは報道関係者が多く、フラッシュの一斉射撃を浴びていた。

取調室に入った久保田泉美は、黙秘を続けていた。荻窪署に問い合わせてみると、宇田川秀彦も同様だという。ふたりは、やはりこの状況を予期して話し合っていたのではないか、と安積は考えた。それだけ、彼らは自信があるのだ。自分たちのつながりはつきとめられることはない、と。

奥沢と桜井が久保田泉美の取り調べをしていた。須田は、パソコン通信の件を調べ回っている。

安積は捜査本部にいたが、気が重かった。同じ部屋に、相楽警部補や彼の班の連中がいるのだ。

彼らは所在なげにしていた。口をきく者もいなかった。安積は彼らを無視して、これまでの報告書の類を再検討するふりをしていた。

例の少年は昨夜のうちにこっそり帰されたようだった。彼の心にどんな傷が刻まれたのか、安積には容易に想像がついた。しかし、自分にはどうすることもできない。どうしようもないことが多過ぎると安積は思っていた。

荻窪署の捜査本部とは絶えず連絡を取り合った。問題は、ただ一点、久保田泉美と宇田川秀彦のつながりを立証することだ。それさえできれば、送検して一件落着なのだ。

ついに、たまりかねたように、相楽が咳払いをした。安積が彼のほうを向いたら、それを機に話しかけてくるつもりなのだ。

安積は彼の誘いに乗ることにした。これ以上意地を張り合っているのは、あまりに大人気ない気がした。彼は顔を上げた。相楽と眼が合った。

「つまり、どういうことになっているんだね」

相楽は言った。「ちゃんと説明してくれないかね」

「久保田泉美と宇田川秀彦を、殺人容疑で逮捕しました」

「知ってるよ、それは。この期におよんで、みんなは、何をごそごそと嗅ぎ回ってるんだね」

「ふたりのつながりです。それが立証できていません」

「驚いたな。それで、よく逮捕に踏み切ったな」

自分はどうなんだ、と安積は心のなかで言った。青酸カリを入手するつてがあるというだけで、客のリストのなかにいた少年を逮捕したじゃないか。

「ふたりの容疑が明らかだからです。動機が入れ替わっている点も含めて。それは、他のさまざまな面から立証できています」

「わかったよ。ここらで、ふたつに分けた班を、また統合しようじゃないか。当初、そういう条件で班を分けたはずだ。つまり、どちらかの班が事実に近づいたら、班分けを解消して全員でそちらの線で捜査に当たる、と」

「ありがたいですね。人手はいくつあってもいい」

「それで、われわれにできることは？」

「知恵を貸してください。ふたりのつながりをどうしても見つけなきゃならんのです」

安積は、報告書の束を相楽のほうに押しやった。

相楽たちは、手分けして、それを読み始めた。

午後三時三十分。湾岸分署でパソコン通信について調べていた須田が帰ってきた。安積は、淡い望みをたくして尋ねた。

「どうだった？」

須田は、実に悲しげな顔をした。

「だめですね。どこのネットワークに尋ねても、あのふたりが登録した様子はありません」

「偽名を使ってるんじゃないのか？」

「そんな……。それ、おかしいですよ、チョウさん。ふたりは、知り合ってから交換殺人のことを計画したんでしょう。つまり、もし、パソコン通信をやっていたとして、その登録のときに偽名なんて使う必要はなかったはずですよ」

「企業でそのネットワークに加入しているということもあるだろう?」

「もちろん。宇田川はテレビ局の人間で、しかも、彼がつとめていたNNSテレビは、あるネットワークに出資しています。でも、ニシダ建設は、まったく関係していません」

奥沢と桜井が取調室から戻って来た。

「あいかわらずですか?」

ふたりの表情を見て、安積が尋ねた。

奥沢は黙ってうなずいた。

「最近の人はどこであんなことを覚えるんでしょうね。弁護士が立ち会わないと一言もしゃべらないと言うんです」

桜井がくたびれ果てた顔で言った。声がわずかに嗄(しわが)れていた。ずいぶんと、怒鳴り続けたに違いない。

「テレビのドラマで覚えるんだよ」

相楽が言った。

奥沢、須田、桜井は不審げな眼で相楽らのほうを向いた。安積は、相楽班との冷戦は終結したことを、遠回しに説明しなければならなかった。

奥沢は、関心なさそうに話を聞いていた。聞き終えると、すぐに彼は話題を変えた。

「安積さんや。久保田泉美に会ってみるかい?」

安積はしばらく考えて、首を横に振った。

「何か新事実がわかるまで、取り調べをしても無駄でしょう」

「弁護士を呼ばにゃならんが……」

「それも、もう少しだけ先に延ばしましょう」

奥沢がうなずいたとき、久保田泉美の所持品を調べていた小野崎と森田が部屋に入ってきた。

「安積さん」

小野崎が手帳を持って安積に近づいた。縦長の優雅な手帳だった。「これ、久保田泉美のなんですがね……」

「そうだろうな。あんたには似合わない」

「他の所持品に変わったところはありません。こいつに、ちょっと気になるところがあるんです」

小野崎は、手帳のページをめくっていった。

「ほら。このページが破かれているでしょう。ページが破かれているのはここだけなんです。ほかにも何か所か同じようなところがあれば、それほど気にもならなかったと思うんですが……」

「そうだな……」

安積は考えた。「鑑識で調べてもらってくれ。破かれたページに何が書いてあったかわかるかもしれん。たいてい次の紙に写っているもんなんだ」

「そうしようと思ったんですけどね」

「何だ?」

「順番待ちなんですよ。鑑識は山ほど仕事をかかえていて……」

「どこだってそうだ。優先してもらえんのか?」

安積は苦い顔をした。しばし考えてから受話器を取った。電話した先は、湾岸分署の鑑識係だった。

「石倉係長を呼んでくれ。安積だ」

しばらく待たされた。

「どうしたい? 班長」

「忙しいんだろうな」

「今にこの分署は、鑑識係員のストレスで爆発しちまうぞ。事実、分析のふりをして爆薬を調合しているやつがいるかもしれない」

「また無理をきいてもらいたい」

「おい」

石倉は、受話器を離して、別の人間に大声で話し始めた。「爆薬を調合しているやつがいたら、今すぐ刑事部屋を吹っ飛ばしてこい」

「石倉さん。残念だが、私はそこにはいない。今、高輪署の捜査本部にいるんだ」

「どこにいたって吹っ飛ばしてやる」

「たのむよ。頼れるのは石倉さんだけなんだ。私を吹っ飛ばすのはいいが、仕事を引き受けてからにしてくれ」

「くそっ。それで、この俺に何をやらせたいんだ」

「ページを破り取られた手帳がここにある。これから、桜井にそれを届けさせるから、その破り取られたページに何が書かれていたか調べてみてくれないか？」

「何もわからないかもしれないぞ」

「だめでもともとさ」

「わかった。班長、あんただから引き受けるんだぞ」

「恩に着る。だが、腹いせに手帳を届けに行った桜井を殺したりするなよ。殺人はもうたくさんだ」

「わかってるよ。殺さなければいいんだろう」

石倉が乱暴に電話を切った。

電話のやりとりを聞いていた小野崎部長刑事が、桜井に手帳を渡した。桜井は、部屋を出ようとした。

「桜井」

安積が声をかけた。「気をつけろ。石倉さん、そうとうにかっかきてるぞ」

桜井はすぐに戻って来た。

「なんだ、結果が出るまで待っていなかったのか?」

安積は尋ねた。

「邪魔だから、手帳を置いてすぐ出てけって、石倉さんが……。結果は、電話で直接係長に知らせるそうです」

「そうか……」

「それから、ついでに、ちょっと刑事部屋に寄ったんですが、伝言があったんで持って来ました」

桜井は、メモ用紙を手渡した。

安積は礼を言って紙を広げた。娘の涼子から電話が来ていたのだ。食事の約束の確認だった。

安積は、思わず壁のカレンダーを見た。五月二十六日。娘の誕生日——今夜が約束の夜だった。

安積は重々しい溜め息をついた。

## 20

相楽たちの班だった連中も、今は事件の全容を細かく把握していた。しかし、久保田泉美と宇田川秀彦のつながりについて、明快な答を出せる者はいなかった。

奥沢が、再び取調室に向かった。今度は、須田がいっしょに行った。

安積は、妙ないら立ちを感じていた。今さらあせる必要はないのだということは充分にわかっていた。彼は、いら立ちの原因を知っていた。涼子との約束だった。

時計を見た。四時半になろうとしている。約束は守れそうにないな——安積は思った。店に電話をして、一言お祝いを言おう……。

電話が鳴った。

安積は、娘のことを頭から追い出し、受話器を取った。相手は、石倉鑑識係長だった。

「どうだった?」

「どんな筆記具を使ってもね、筆圧で必ず、その下にある紙にもへこんだ跡が残るものなんだ。時には、目に見えないくらい微量にインクがにじんだりしていることもある」

「知っている……」

安積はいら立ちを抑えるのに苦労した。石倉はわざとじらしているのだ。

「だがな、班長。だからといって、失われたページに何が書かれていたか常にわかるわけじゃない。わからない場合のほうが多いかもしれない……」

「わかったよ。あんたはきわめて優秀な鑑識係員だ。あんたが調べ出せないことなどないはずだ」

「ようし、よく言った。俺はそれを聞きたかったんだよ」

「わかったんだな、何が書かれていたか……」

「一連の数字だ。たぶん電話番号だな――」

石倉はその番号を教えた。

「恩に着るよ」

「その言葉は聞き飽きたよ」

石倉は電話を切った。さっきより、ずっと静かに受話器を置いたようだった。

「手帳の破れたページに何が書かれてあったかわかった」

安積は、捜査本部にいる刑事たちに告げた。

「おそらく、電話番号だ」

彼は、すぐさま、その電話番号にかけてみた。

電話がつながった。

「もしもし」

男の声がした。

「もしもし」

安積が言った。

「何だよ。男じゃないか。ふざけるなよ」

電話が切れた。

どういうことなのか、安積にはわからなかった。安積が受話器を置くと、相楽が尋ねた。

「どうしたんだ?」

安積は、起こったことをそのまま話した。

森田は指を鳴らした。

「テレクラですよ、それ」

「テレクラ?」

安積は思わず訊き返していた。「すると、私は、テレホンクラブの女性専用の電話番号にかけたというわけか……」

小野崎はつぶやくように言った。「どうやら、桜井の言ったことは本当だった可能性が出てきたな」

「久保田泉美が破り捨てたのは、その番号だったわけだ……」

「僕、何か言いましたっけ?」

「久保田泉美と宇田川秀彦は、一度も会ったことがないみたいだって言ったんだ」

「そうか」

桜井が言った。「久保田泉美は、テレクラに電話をかけた。その電話を受けたのが、宇田川秀彦だったというんですね」

「そう」

小野崎は言った。「そこで、あれこれ話が交わされ、どちらかが自分の電話番号を教えたとする。そうなると、一度も会わず、誰にも知られず何度も相談を重ねることは可能だ」

安積は、完全に謎(なぞ)が解けた気がした。体中が熱くなる思いだった。

「すぐ裏を取るんだ」

安積は言った。

小野崎、森田、桜井はその電話番号をメモして、すぐに出かけようとした。

「待ってくれ」

相楽が神妙な顔で安積に言った。「そいつだけは、せめて俺たちにやらせてくれないか」

小野崎たち三人は、安積の顔を見た。安積も彼らを見返した。小野崎が、小さく肩をすぼめた。

安積は相楽のほうを向いてうなずいた。

「お願いします。私たちは、荻窪署と連絡を取ることにします」


午後六時、相楽から電話連絡が入った。

「あの電話番号は、渋谷道玄坂の『キャッチホン』というテレクラのものだった。宇田川秀彦は、やはりここの会員だった。確認が取れたよ」

「確かですね」

「ああ。こういう店は、身分証明になるものを見るんだそうだ。宇田川の免許証を見たと店の者が証言している」

「わかりました」

「どうやら俺たちも、最後の最後に、役に立てたようだな」

安積はただ、「ご苦労さまでした」とだけ言って電話を切った。

すぐに荻窪署に、宇田川がテレクラの会員だったことを知らせた。

部屋のなかにいた刑事たちにも同じことを告げる。刑事たちは、ぱっと顔を輝かせた。

安積は捜査本部が置かれた会議室をあとにして、取調室に向かった。戸を開けると、まず久保田泉美と眼が合った。

彼女は、背をまっすぐにし、両手を膝に置いてすわっていた。毅然（きぜん）とした態度は、逮捕のときからずっと変わっていない。

たいへんな意志の強さだと安積は思った。たいていの人間が、警察と聞いただけで、恐怖や不安を覚える。逮捕されるというショックに平然と耐えられる者はたいへん少ない。

久保田泉美と机をはさんで向かい合っていた奥沢警部補がゆっくりと振り返った。須田は部屋のすみに立っていた。もうひとつの机には制服警官がすわり、調書を取るべく紙を置きボールペンを持っていた。そのふたりも安積のほうを見た。

彼らはずっと取調室に詰めていたのだ。

「チョウさん、何か……？」

奥沢が尋ねた。

安積は、奥沢に向かってうなずき、久保田泉美を見つめた。

須田と奥沢が顔を見合った。

ようやく安積は口を開いた。

「あなたの手帳に、一枚だけ破り取られたページがあった」

安積は、久保田泉美が充分に理解できるように、ゆっくり、はっきりとしゃべった。

「そのページには『キャッチホン』というテレクラの女性専用の電話番号が書かれていた。これは鑑識でつきとめた。はっきりした物証だ。そして、『キャッチホン』へ行って調べたところ、宇田川秀彦がそこの会員だったことがわかった」

奥沢がゆっくりと立ち上がった。須田は、壁から背を離した。ふたりとも、驚きの眼で安積を見ていた。

ふたりが驚くのも当然だと安積は思った。彼の言葉は、事実上の勝利宣言なのだ。

久保田泉美は、きっと眼を上げ、正面の壁を見すえた。口が固く結ばれている。彼女はあくまでも平静でいようと努めている。しかし、みるみる顔色が悪くなった。肩に力が入り、両手をきつく握り合わせている。

彼女は敗北をはっきりと悟ったのだ。

「すべての謎が解けたんだ」

安積は言った。「証拠も充分だと思う」

「あの人が勝手に事を運ぼうとしたのよ」

久保田泉美が、黙秘を破った。

奥沢は椅子にすわり直して尋ねた。

「あの人というのは、池波昌三のことかね」

「そう。私は結婚なんて望んでいなかったわ。まして、泥くさい不倫のごたごたなんてまっぴらだった。池波昌三は、私にとっては、何人かいるボーイフレンドのひとりに過ぎなかった。あの人にはそれが理解できなかったのよ。私を独占しようとしたわ。たかが建設会社の課長が……。そして、あの人の奥さんが私をなじりに来たわ。そして、池波昌三などのしをつけてくれてやると言ったわ。私のお古でよければ、と彼女は言ったのよ」

話すうちに、彼女の眼に怒りが燃え始めた。

「池波昌三は、私にしつこく結婚を迫り始めた。私は彼を心の底から憎み始めていた……」

安積には理解できるような気がした。肉体関係を持った異性への憎悪は何よりも強いものだ。

「はじめは、現実味がなかった。でも、私は、彼を殺す計画を練り始めたわ。テレクラに電話して、私と同じように愛人に殺意を抱いている人を探したわ。相手の顔は見えないし、こちらが誰だか相手にはわからない。話は切り出しやすかった。冗談めかして、何人にも尋ねてみたわ。そして、宇田川と知り合ったというわけよ。彼の電話番号を聞き出し、打ち合わせはすべて電話で済ませたわ」

制服警官は、せっせとボールペンを走らせていた。

奥沢も安積も何も言う必要はなかった。彼女は、まるで、汚いものを一刻も早く吐き出してしまいたいとでも言うようにしゃべり続けた。

殺人実行の方法は安積たちが推理したとおりだった。

話し終わると、初めて彼女は涙を流し始めた。仮面が取れたのだと安積は思った。彼は取調室を出て、捜査本部に戻った。

「久保田泉美が犯行を自供した」

刑事たちに安積が報告すると、いっせいに溜め息が聞こえた。

安積は荻窪署に電話した。

テレクラの話を聞かせると、宇田川も自供をしたということだった。宇田川は、ひどく取り乱しているという。だらしがない男が増えたと安積は思った。しかし、情けない人間のほうがかわいげがあるとも感じていた。

青酸カリは、やはり金の精錬所を取材中に、ごく少量、こっそりと持ち出し、それを久保田泉美宛(あて)に郵送したのだった。宇田川は、藤井幸子を始末しようと秘(ひそ)かにもくろんでいたが、どうしても犯行に踏み切れずにいたということだった。久保田泉美の誘いは、彼の運命を狂わせる魔の囁(ささや)きだったと言える。

奥沢と須田が取調室から、調書を持って戻ってきた。

「終わったね」

奥沢が言った。

ややあって、相楽一行が戻ってきた。相楽は一升びんを手にしていた。

彼はそれを持ち上げ、安積に言った。

「こいつは、ちょっと気が早かったかね？」

「いや。いいタイミングです。久保田泉美も、宇田川秀彦も犯行を認めました」

事件解決時の恒例の行事となっている、茶碗酒（ちゃわんざけ）の乾杯となった。

安積は、時計を見た。七時三十五分だった。

「申し訳ないが、ちょっと行くところがある」

安積はそう言い残すと、引き止められるまえに、素早く捜査本部を出た。これくらいのわがままは許されてもいい——彼は思った。


表参道でタクシーを降りた安積は、一軒だけ、ブティックが開いているのを見つけた。たいていの店はもうシャッターを降ろしている。

店先に、洋服とともにアクセサリーが並んでいるのが眼に入った。安積は、そこで小さなルビーのついたネックレスを買った。

二万円というのは、安積にとっては決して安い買い物ではないが、まったく気にならなかった。

ブティックの店員が、胡散臭（うさんくさ）げな眼で見ているのに気づいた。きっと自分はひどい恰好をしているに違いないと安積は思った。

店を出るときガラスのドアに映った自分の姿を見て納得した。髪は乱れ、目の下に隈（くま）ができている。ワイシャツはよれよれでネクタイはしみだらけ。スーツにはしわが寄り、ズボンの線は消えかけている。

安積はそそくさとブティックを出て、約束のフランス料理店へ急いだ。

『ビストロ・ハナ』は、気楽な雰囲気の店だった。とはいえ、店の従業員は、出入口に立った安積を見て、やはり、迷惑そうな表情をした。

「おひとりですか」

その店員が尋ねた。

「いや。待ち合わせている」

安積は妻の旧姓を告げた。店員はうなずき、店の奥へ安積を案内した。

かつての妻と娘はすでにメインディッシュに取りかかっていた。彼女たちはきれいに着飾っている。安積は、みじめな気分になった。

「お父さん」

涼子が顔を輝かせて立ち上がった。「もう、来ないかと思ってたわ」

「遅くなって申し訳ない」

「とにかく、すわったら?」

別れた妻が言った。安積はその言葉に従った。

「来てくれてうれしいわ」

涼子が言った。彼女は安積のひどい恰好について何も言わなかった。安積は、ほっとした。そして、娘に会えたことを心からうれしく思った。

「これは、プレゼントだ」

安積は買ったばかりのネックレスを渡した。

すぐに包みを開き、喜ぶ娘の姿を見て、安積は、何年かぶりの幸福感を味わった。

食事が運ばれてきて、安積はナイフとフォークを動かし続けた。

娘がよく話し、安積はほとんど聞き役だった。かつての妻とも、さほど気まずい思いをせずに話せた。

男女というのは、関係が冷えてしまったとき、いっしょにいることが最大の問題なのだ。別れた今となっては、彼女も自分のことを、一時期ほど憎んでいないはずだと安積は思った。安積も彼女を憎いとは決して思わなかった。しかし、ただそれだけのことだった。

幸福な時間は過ぎ去った。娘は、また去って行った。安積はタクシーを拾い、ベイエリア分署へ戻った。


刑事部屋に入ったとたん、歓声が上がった。安積は驚いた。

須田と桜井も戻ってきていた。

「やっと、係長が戻ってきてくれたぞ」

村雨が悲鳴に近い声を上げた。「さあ、詳しく手柄話を聞こうじゃないか」

「おい」

安積は言った。「湾岸分署の刑事部屋は、いつからそんなに暇になったんだ?」

「チョウさん」

須田が言った。「冗談のひとつも言わせてやってくださいよ。俺たちがいない間、村雨さんは、目が回るような思いだったんですよ」

安積は村雨のほうを向いた。

「村雨、私は、今夜、機嫌がいいんだ。何なら気前よく、係長の座を譲ってやるがどうだ」

村雨は、何も言わず、わずかに緊張した。

珍しく、安積がにやりと笑った。

須田が大声で笑い始めた。

「勘弁してください」

村雨はようやく苦笑した。「湾岸分署の係長は、安積さんしかつとまりませんよ」

巻末付録特別対談

第一弾

# 今野敏×寺脇康文

「警視庁臨海署安積班」（テレビ東京）の安積役・寺脇康文さんと今野敏の

特別対談！

——お二人はドラマ原作者と主演俳優として出会われる以前から親交があるそうですね。

**今野敏**（以下、今野）　初めてお会いしたのはもう二十年以上も前ですよね。殺陣師のパーティーに行ったら、寺脇さんがいらして。当時から活躍は存じ上げていました。「スーパー・エキセントリック・シアター」の舞台を見ていましたからね。

**寺脇康文**（以下、寺脇）　その頃の僕は映画ばかり見ていて……。先生の小説を読むきっかけを与えてくれたのは佐々木蔵之介くんなんです。彼が「ハンチョウ」（TBSテレビ、二〇〇九―二〇一一年）をやることになったでしょう。ですから、最初に読んだのも安積班シリーズなんですが、これがとにかく面白かった。そこから『隠蔽捜査』を読み、いろんな作品に手を伸ばして。まだ『宇宙海兵隊ギガース』には至っていませんが。

**今野**　あれもいいですよ（笑）。

**寺脇**　全作品を読破したいと思います。今回対談させていただけるというので本棚にある先生の本を数えてみたところ、一三七冊ありました。

**今野**　本当に？　すごーい！

今野敏（作家）

**寺脇**　中でも安積班シリーズは特別です。一、二を争う、いや、一、二、三を……。順番なんてつけられないですよ、全部好きですから。でもやっぱり、安積班シリーズは他とは違いますね。警察小説は好きでいろいろ読みますが、読み終わった後に残るのが人間模様なんです。安積が村雨に掛けた言葉とか、須田や黒木のちょっとした動きとか。そこから彼らの関係性の良さも浮かび上がってきます。まるで家族のようですよね。

**今野**　私ね、安積さんがいるような気がすることがあるんですよ。年末の年賀状を書く時になると、あれ、出さなくていいのかなと思ったりして（笑）。

**寺脇**　お世話になっておりますと（笑）。

**今野**　そうそう。なにせ、もう三十三年の付き合いですからね。警察小説としては一番長いシリーズだと思います。

**寺脇**　すごいなぁ。僕は、安積さんにすごく共感が持てるんです。先日、先生にも見ていただいた「地球ゴージャス」の舞台。これは岸谷五朗との演劇ユニットで、僕と五朗でツートップという形です。とはいえ、実質的には脚本・演出を担当している五朗がリーダー。そして、突っ走っていく

寺脇康文（俳優）

五朗ちゃんとキャストたちの間の中間管理職みたいな立場にあるのが僕で。キャストみんなの今日の体調はどうかなとか、あいつはもしかして何か悩んでいるんじゃないかなとか。似てるんです、いろいろ考えるところが。

**今野**　まさに中間管理職だ。安積さんの好演に繋がるわけですね。

**寺脇**　お話をいただいたときは本当に嬉しくて興奮しました。

――寺脇版安積剛志を演じるに当たり、心掛けたことなどあったのでしょうか？

**寺脇**　原作にあるのは常に部下を信頼して見守る姿です。また、計算することなく物事に正面からぶつかっていき、自分の言動に責任も持っている。それは守りたいと思いました。

**今野**　原作を読んでいると演じにくいことはないですか。

**寺脇**　そうですね。あえて原作を読まないときもあります、囚われてしまうことがあるので。でも、この作品に関して迷いはありませんでした。他人が演じた役という難しさもあるけれど、それを差し置いても好きな作品に携われる、そのことを優先しました。本当に嬉しかったんですよ。

**今野**　私もドラマを拝見して嬉しかったです。まさに安積だなという感じがありましたから。安積は部下に対して優しい言葉を掛けるわけではないけれど、防波堤に間違いなくなっている。その佇まいが滲み出ていたんですよね。

**寺脇**　これまでいろんな刑事をやらせていただきましたが、その中で安積さんを演じられたことは僕にとっていい思い出です。

**今野**　いやいや、これで終わりにしたくないですよ。第二弾、第三弾とやっていただきたい。あのドラマで残念だったのは速水がいなかったことですよね。ですから、次回作では速水も登場させて、二人の絡みを是非とも見たいですね。

**寺脇**　僕も期待しています（笑）。速水といえば、『道標』で安積と速水の若い頃を描いてましたよね。読んだときに、二人の関係が逆転しているなと思ったんです。若き安積のほうが速水っぽいなと。

**今野**　安積は若い頃、情熱家で突っ走るタイプでした。私の中で、やんちゃだったんじゃないかというイメージがあるんです。一方の速水は変わらない。ずっとあのまま（笑）。

**寺脇**　つまり、安積は人間がどんどん出来ていった。

**今野**　そういうことです。ただね、妙なことがあって。このシリーズを書き始めたとき私は三十代でしたから、四十五歳という設定の安積は大人だったんですよ、分別があって。でも追いついてみると、あれ、そんな大人じゃねえな。追い抜いてみると、四十五歳なんてひよっこじゃんと。だから、見え方は少し変わったかもしれません。ちょっとお茶目になったというか。

**寺脇**　確かに。少し柔らかくなったという感じはありますよね。

**今野**　安積の年を追い抜いた私から見た安積の変化ということでもあるでしょう。でも、キャラクターの本質は変わっていません。

**寺脇**　そうなんです。長いシリーズの中でもブレは一切ない。まさに安積さんが安積さんである所以であり、僕が好きな理由でもあります。

**今野**　はい。いきなり女を口説いたりはしません、安積は。

**寺脇**　ですよね（笑）。でも、一読者として登場人物同士で恋に発展しないかな、なんて思うこともあるんですよ。例えば、女性記者の山口さんとか。

**今野**　彼女は黒木と噂があったんですよ。

**寺脇**　ありました、ありました。でも、その黒木くんも看護師さんに恋をして。

**今野**　あれ、そうでしたっけ？

**寺脇**　用もないのに会いたくて病院行ったりしてるじゃないですか！　村雨が愛妻家で団地に住んでいることだって覚えていますよ。

――安積班シリーズは『二重標的』のような長編で警察小説の醍醐味を味わえる一方、短編ではキャラクターの人となりに深く触れることができ、その作風の違いも魅力です。

**寺脇**　ええ。ですから短編は好きですね。また、短編ならではの面白さとして「ST　警視庁科学特捜班」の青山が出てきたり。「ST」も好きなシリーズなのでこの登場は嬉しかったのですが、まさか安積と絡むとは思っていませんでした。こうしたアイデアはどうやって生まれるんですか？

**今野**　なんとなくの思いつきです。こうしてやろうとか狙っているわけではないんですよ。

**寺脇**　では、結末はどうですか？　どの作品を読んでも予想だにしなかった終わり方が待っていて、驚かされてばかりです。

**今野**　それもあまり考えてないんですよ。ただ、どんでん返しというのは意識します。でもこれは、無理に作ってもしょうがないんでね。（連載が）あと三回で終わるなという頃に自分で読み返すんです。すると、これとこれが使えるなと。不思議なもので必ずあるんですね。

**寺脇**　驚きですね。僕も舞台のために短い作品を何本か書いたことがありますが、大筋と結末だけは考えています。あとは書きながら骨に肉を付けていくというか。書いているうちに思いつくことがあるんですよ。

**今野**　書くという作業は頭を使うので思いつくんですね、いろんなことを。だから、プロットだけではどんな作品になるかわからなくて、書いてみてガラリと変わったり。

**寺脇**　それが面白さにもなるんでしょうね。先生の作品って、読んでいて鳥肌が立つんですよ、何度も。なぜかと言うと、もしこうなってくれたら感動するんだけど……と思っているとそうなる。まるで、ここでホームラン打ってくれと願うと打ってしまう長嶋茂雄さんみたいに（笑）。だから、竜崎（「隠蔽捜査」シリーズ）が大森署を去る時も、ちょっとこれ、外にみんないるんじゃないの？　そうなったら泣いちゃうよと思っていたら、いるじゃないですか！　敬礼とかしちゃうんじゃないのと思っていると、その通りになって。もう、だーっと涙が出ちゃいました。小説を読んで泣くなんて、先生の作品くらいです。

**今野**　私も自分のゲラ見て泣いたことありますよ（笑）。

**寺脇**　えぇー？　でも、僕にとっては、こうなってほしいなぁを実現させてくれるのが今野先生の作品です。すごくエンターテインメントなんです。幸せな気持ちになります。

**今野**　実に嬉しい言葉ですね。役者さんと同じで、作家にもそれぞれ役割があると思っています。今野敏という作家の役割は、読者を気持ちよくさせてあげること。だから、全作ハッピーエンドです。

**寺脇**　僕らも「地球ゴージャス」で芝居するときは、たとえ途中で誰かが死んでしまうとしても、最後には必ず光を射したい。見る人に希望を、明日の元気を感じてほしいと思いながら作っています。現実っていろいろ大変じゃないですか。そんな中、時間を費やし、お金を払って芝居を見てくれるのであれば、いやな気持ちにはさせたくない。

見てよかったな、明日も生活頑張ろうって思わせるのが、エンターテインメントだと思っています。

**今野**　まったく一緒ですね。エンターテインメントはそれが最大の役割です。本を買ってもらって、いやな気持ちにさせてはいかんなと思いますね。

**寺脇**　これからも楽しませてください。

**今野**　安積班はライフワークだと決めたので、このシリーズは死ぬまで書き続けます。

**寺脇**　おぉー、それは嬉しい。今日は、僕が愛する作品の生みの親である先生とお話できて、望外の喜びです。

**今野**　こちらこそ、この巻末のために お時間を頂戴(ちょうだい)し、本当にありがとうございました。

構成：石井美由貴／写真：島袋智子
スタイリスト：小林新（UM）
ヘアメイク：永瀬多壱（Vanites）

**次巻『虚構の殺人者』の巻末には、映画監督・押井守さんとの特別対談を収録します。**

本書は、ケイブンシャ文庫（一九九六年四月）を底本とし、
二〇〇六年四月にハルキ文庫にて刊行されました。
二〇二一年十二月に改訂の上、新装版として刊行。

二重標的（ダブルターゲット） 東京（とうきょう）ベイエリア分署（ぶんしょ） 新装版

著者 今野 敏（こんの びん）

2006年 4月18日第一刷発行
2021年 12月18日新装版第一刷発行
2022年 1 月18日新装版第二刷発行

発行者 角川春樹

発行所 株式会社角川春樹事務所
〒102-0074 東京都千代田区九段南2-1-30 イタリア文化会館

電話 03(3263)5247(編集)
03(3263)5881(営業)

印刷・製本 中央精版印刷株式会社

フォーマット・デザイン 芦澤泰偉
表紙イラストレーション 門坂 流





ISBN978-4-7584-4447-7 C0193 ©2021 Konno Bin Printed in Japan
http://www.kadokawaharuki.co.jp/[営業]
fanmail@kadokawaharuki.co.jp[編集] ご意見・ご感想をお寄せください。